COLLECTION FOLIO

« Que je vous aime, que je t'aime ! »

Les plus belles déclarations

Gallimard

© *Éditions Gallimard,* 2009.

« Tu es celle que j'aime »

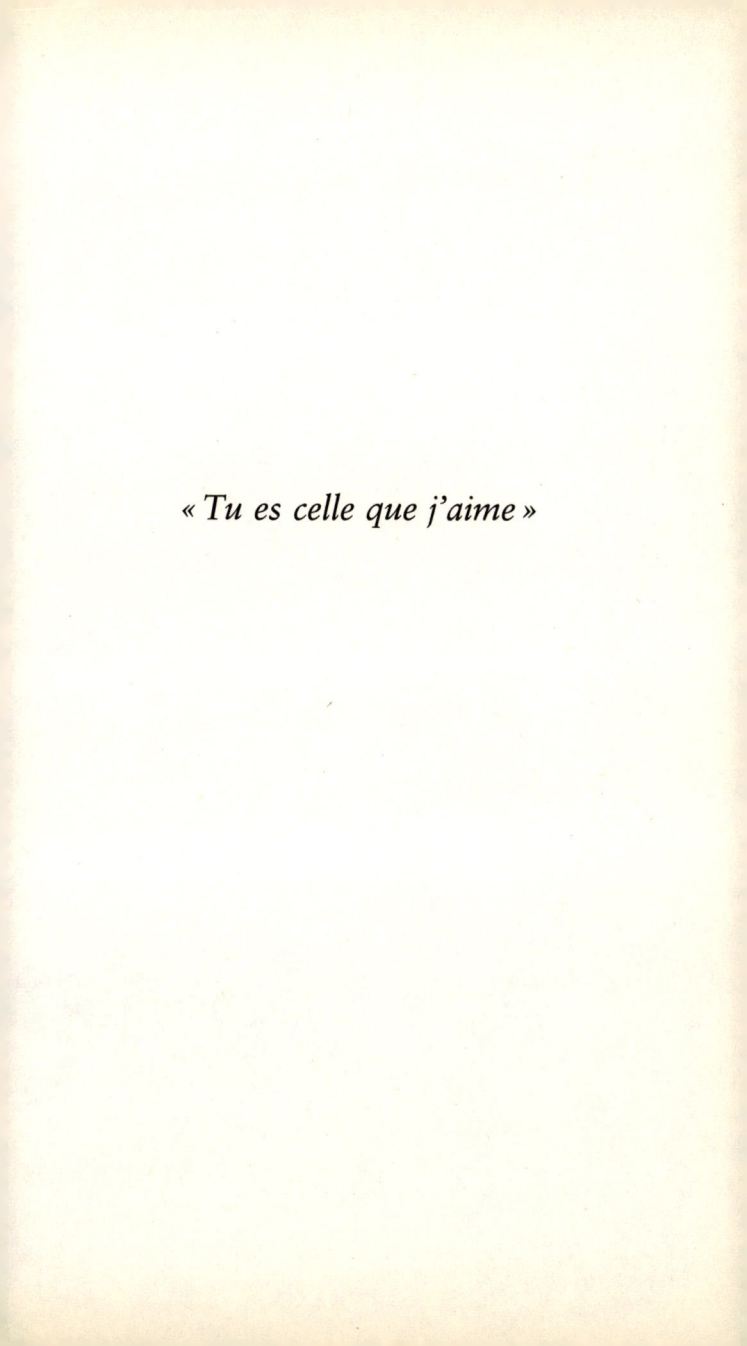

OVIDE
Pâris à Hélène *

LETTRE XVI

Le fils de Priam t'envoie, fille de Léda, un salut qu'il attend de toi, que tu peux seule lui donner. Dois-je parler, ou bien ma flamme, qui est connue, a-t-elle encore besoin de se déclarer; et mon amour s'est-il déjà manifesté plus que je ne voudrais ? J'aimerais mieux qu'il restât caché, jusqu'à ce qu'il me soit accordé des jours de bonheur, sans mélange de crainte. Mais je dissimule mal : qui pourrait en effet cacher un feu que trahit toujours sa propre lumière ? Si tu attends toutefois que la parole te confirme la vérité, je brûle : tu vois ma passion dans ce mot qui te la révèle. Pardonne, je t'en conjure, à cet aveu, et ne lis pas ce qui suit d'un air sévère, mais avec celui qui sied à ta beauté.

* Extrait de *Lettres d'amour. Les Héroïdes* (Folio classique n° 3281).

Il m'est doux d'espérer que, puisque tu as reçu ma lettre, tu pourras aussi me recevoir comme elle. Ratifie cet espoir, et que la mère de l'Amour, qui m'a conseillé ce voyage, ne t'ait pas en vain promise à mes vœux. Car, afin que tes torts ne viennent pas d'ignorance, c'est un avertissement divin qui m'amène, et une déesse puissante préside à mon entreprise. Le prix que je sollicite est grand, je le sais; mais il m'est dû; Cythérée t'a promise à ma couche. Parti du rivage de Sigée, sous un tel guide, j'ai, sur la nef de Phéréclès, parcouru, à travers les vastes mers, des routes périlleuses. C'est à elle que je dus une brise complaisante et des vents propices : la mer est son empire, comme elle fut son berceau. Qu'elle persiste, et qu'elle seconde comme ceux de la mer, les mouvements de mon cœur; qu'elle fasse arriver mes vœux au port où ils tendent.

Cette flamme, je l'ai apportée, je ne l'ai pas trouvée ici; c'est elle qui m'a fait entreprendre un si long voyage. Car ce n'est ni la furie d'une tempête, ni une erreur de route qui nous a fait aborder à ce rivage : la terre de Ténare était celle où se dirigeait ma flotte. Ne crois pas que je fende les mers avec un vaisseau chargé de marchandises (que les dieux me conservent seulement les richesses que je possède!). Je ne viens pas non plus, comme observateur, visiter les villes grecques : celles de ma patrie sont plus opulentes. C'est toi que je viens chercher, toi que la blonde Vénus a promise à ma flamme; je t'ai désirée avant de te connaître : ton visage, mon imagination me l'a montré avant mes yeux ; la Renommée fut la première qui me révéla tes traits.

[Atteint par les traits rapides d'un arc éloigné, il n'est cependant pas étonnant que j'aime ; je le dois.] Tel fut l'arrêt du Destin ; tu tenterais en vain de le changer ; un récit véridique et fidèle te l'apprendra. J'étais encore, par un retard de la délivrance, retenu dans les flancs de ma mère ; déjà ils allaient être allégés du poids qui les chargeait. Il lui sembla, dans les apparitions d'un songe, qu'il sortait de son sein une immense torche enflammée. Elle se lève épouvantée, et raconte l'effrayante vision de la sombre nuit au vieux Priam, qui en transmet aux devins le récit. Les devins déclarent qu'Ilion sera embrasée par le feu de Pâris. Cette flamme fut, comme elle l'est aujourd'hui, celle de mon cœur. Ma beauté et ma force d'âme étaient déjà, bien que je parusse sorti des rangs du peuple, l'indice de ma noblesse cachée.

Il est, dans les vallons boisés de l'Ida, un lieu solitaire, et planté de sapins et d'yeuses, où ne vont paître ni la paisible brebis, ni la chèvre amante des rochers, ni le bœuf paresseux au mufle épais. De là, du haut d'un arbre, j'étendais mes regards sur les remparts de Dardanus, sur ses demeures superbes et sur la mer. Tout à coup il me sembla que la terre tremblait, foulée par des pas : ce que je vais dire est vrai, quoique à peine vraisemblable. Devant mes yeux s'arrête, porté sur des ailes rapides, le petit-fils du grand Atlas et de Pléione (il m'a été permis de le voir; qu'il me soit permis de rapporter ce que j'ai vu); dans la main du dieu était sa verge d'or. Trois déesses, Vénus, Pallas et Junon, posèrent à la fois sur le gazon leurs pieds délicats. Je restai interdit, et l'effroi dont je fus glacé hérissa ma chevelure. « Bannis tes alarmes, me dit alors le messager ailé; tu es l'arbitre de la beauté; mets fin au débat des déesses; dis laquelle efface en beauté les deux autres. » Pour m'interdire tout refus, il commande au nom de Jupiter, et s'élève soudain jusqu'aux astres par la route éthérée. Mon âme se rassure; la hardiesse me vient aussitôt, et mes yeux ne craignent pas d'examiner chacune d'elles. Toutes étaient dignes de la victoire, et je craignais, comme juge, que toutes elles ne pussent la remporter. Déjà cependant l'une d'elles me plaisait davantage; c'était, sache-le, la déesse qui inspire l'amour. Bientôt, tant elles brûlent de triompher! elles se hâtent d'influencer mon jugement par l'offre de dons magnifiques. L'épouse de Jupiter me promet un trône; sa fille la valeur; je doute moi-même si je veux être puissant ou courageux. Vénus me dit alors avec un doux sourire : « Que ces présents, Pâris, ne te séduisent pas; l'anxiété, la crainte les accompagnent. Je te donnerai, moi, qui tu pourras aimer; la fille de la belle Léda, plus belle encore que sa mère, je la livre à tes baisers. » Elle dit ; j'applaudis également au don qu'elle me fait, et à sa beauté ; et elle remonte d'un pied victorieux vers le ciel.

Cependant mes destinées étant sur le tard devenues prospères, je suis, à des signes certains, reconnu pour un royal enfant. Ma famille, joyeuse de revoir un fils après un long espace de temps, met, ainsi que Troie, ce jour au nombre de ses jours de fête. Comme je te désire aujourd'hui, ainsi m'ont désiré des jeunes filles ; tu peux posséder seule celui que tant d'autres ont aimé. Ce ne furent pas seulement des filles de rois et de chefs, qui me recherchèrent ; je fus aussi pour les Nymphes un objet d'amour et de soucis. [Dans quelle ville aurais-je à admirer un plus beau visage que celui d'Œnone ? Après toi, Priam n'aurait pas eu de belle-fille plus digne de lui.] Mais je n'ai que du dédain pour toutes ces beautés, depuis que je nourris l'espoir de t'avoir pour épouse, fille de Tyndare. C'est toi que voyaient mes yeux pendant la veille, mon imagination pendant la nuit, lorsque les paupières cèdent au sommeil paisible qui les vient clore. Que feras-tu présente, puisque, encore inconnue à mes yeux, tu me plaisais déjà ? Je brûlais, bien que le feu fût loin de moi.

Je n'ai pu garder plus longtemps l'espoir d'un bien qui m'est dû, sans faire franchir à mes vœux la route azurée des ondes. Les pins des campagnes de Troie tombent sous la hache phrygienne ; et avec eux tous les arbres utiles à la navigation. Les cimes du Gargare sont dépouillées de leurs vastes forêts, et le sommet de l'Ida me fournit des poutres sans nombre. On fait fléchir les chênes destinés à la construction des vaisseaux rapides, et la carène incurvée est assemblée à la coque. On place ensuite les antennes et les voiles, qui pendent le long des mâts, la poupe arrondie est ornée de dieux peints ; sur le vaisseau qui me porte, se fait voir, avec le petit Cupidon qui l'accompagne, l'image de la déesse caution de l'hymen qu'elle m'a promis. Quand on eut mis la dernière main à la confection de la flotte, elle reçut aussitôt l'ordre de sillonner les ondes égéennes. Mon père, ma mère opposent leurs prières à mes vœux, et leur voix me retient près de la route que je voulais m'ouvrir. Ma sœur Cassandre accourt, les cheveux épars, au moment où déjà nos vaisseaux allaient mettre à la voile : « Où vas-tu ? s'écrie-t-elle, tu rapporteras un incendie avec toi : tu ignores quel vaste embrasement tu vas chercher à travers ces flots. » Elle prophétisa vrai : j'ai trouvé les feux qu'elle m'a prédits ; un amour effréné brûle en mon tendre cœur.

Je m'éloigne du port, et, à la faveur des vents qui me poussent, j'aborde sur tes rivages, Nymphe de l'Œbalie. Ton époux me reçoit comme son hôte : ainsi l'avait encore arrêté la volonté suprême des dieux. Il me fait voir lui-même ce que Lacédémone entière offre de beau à voir et de rare ; mais je n'aspirais qu'à contempler tes charmes tant vantés, et mes yeux ne trouvaient plus rien qui les pût captiver. Je t'aperçus, je restai ravi ; et, dans mon admiration, je sentis naître au fond de mes entrailles le feu d'une passion nouvelle ; elle avait, autant que je m'en souviens, des traits semblables aux tiens, la déesse de Cythère, lorsqu'elle vint se soumettre à mon jugement. Si tu t'étais aussi présentée dans cette lutte, je ne sais si Vénus eût obtenu la palme. Aussi la Renommée t'a-t-elle célébrée au loin ; aussi tes charmes ne sont-ils ignorés dans aucune région. Nulle part dans la Phrygie, et depuis les contrées qui voient se lever le soleil, il n'est de femme qui doive à ses attraits un renom égal au tien. M'en croiras-tu ? Oui, ta gloire est au-dessous de la réalité ; la Renommée est presque calomnieuse sur ta beauté. Je trouve ici plus qu'elle n'avait promis, et ta gloire est vaincue par son objet même.

Aussi fut-elle légitime la flamme de Thésée, qui connaissait tous tes charmes : tu parus à ce héros une conquête digne de lui, lorsque, selon la coutume de ta nation, tu t'exerças nue au jeu de la brillante palestre, et que, femme, tu te mêlas aux hommes nus comme toi. Il t'enleva, et je l'en applaudis ; je m'étonne qu'il t'ait jamais rendue : un larcin aussi précieux, il devait le garder toujours. On eût retranché cette tête de mon cou sanglant, avant de t'enlever à ma couche. Que mes mains consentent jamais à te quitter ! Que je souffre qu'on t'arrache de mon sein, moi vivant ! [S'il eût fallu te rendre, j'eusse du moins auparavant conquis sur toi quelque droit ; Vénus ne m'eût pas vu rester entièrement oisif ; je t'aurais ravi ou ta virginité ou ce que l'on pouvait te ravir sans y porter atteinte.]

Livre-toi seulement, et tu apprendras quelle est la constance de Pâris. La flamme seule du bûcher verra finir ma flamme. Je t'ai préférée aux royaumes que m'a promis naguère la sœur et l'épouse puissante de Jupiter ; afin de pouvoir enlacer mes bras à ton cou, j'ai dédaigné le don de la valeur, que me faisait Pallas. Je n'en ai point de regret, et je ne croirai jamais avoir fait un choix insensé. Mon âme, ferme dans ses vœux, y persiste encore. Seulement ne permets pas que mon espérance soit vaine, je t'en conjure, ô digne objet de tant de soins et de poursuites ! L'hymen que je désire ne fera pas dégénérer ta noble famille, et tu ne rougiras pas, crois-moi, en devenant mon épouse. Tu trouveras dans ma race, si tu la veux connaître, une Pléiade et Jupiter, sans parler de mes ancêtres intermédiaires. Mon père tient le sceptre de l'Asie, région fortunée que nulle autre n'égale, et dont on peut à peine parcourir l'étendue immense. Tu verras d'innombrables cités et des palais dorés, et des temples qui te paraîtront dignes de leurs dieux. Tu verras Ilion et ses remparts que fortifient de superbes tours, et qu'éleva la lyre harmonieuse de Phébus. Te parlerai-je de la foule et du nombre des habitants qu'on y voit ? À peine cette terre peut-elle porter le peuple qui l'habite. Les femmes troyennes accourront à ta rencontre en troupes épaisses : notre palais ne pourra contenir les filles de la Phrygie. Oh! que de fois tu diras : « Combien notre Achaïe est pauvre ! » Une seule maison, une seule, possédera les richesses d'une ville.

Ce n'est pas que j'aie le droit de mépriser votre Sparte : la terre où tu es née est heureuse à mes yeux. Mais Sparte est parcimonieuse ; tu es digne, toi, d'être richement vêtue : cette terre ne convient pas à une telle beauté. Il faut faire servir à tes charmes et les plus magnifiques parures renouvelées sans fin, et ce que le luxe peut inventer de raffinements. Quand tu vois l'opulence qu'étalent les hommes de notre nation, quelle crois-tu que doive être celle des femmes dardaniennes ?

Seulement, montre-toi facile à mes vœux : fille des campagnes de Thérapné, ne dédaigne pas un époux phrygien. Il était phrygien et issu de notre sang, celui qui, maintenant mêlé aux dieux, leur verse le nectar dont ils s'abreuvent. Il était phrygien l'époux de l'Aurore ; elle l'enleva cependant, la déesse qui marque à la nuit le terme de sa carrière. Il était phrygien aussi cet Anchise, auprès duquel la mère des légers Amours aimait à se reposer sur le sommet de l'Ida.

Je ne pense pas non plus que Ménélas, si tu compares nos traits et notre âge, puisse, à ton jugement, m'être préféré. Je ne te donnerai certes pas un beau-père qui fasse fuir le brillant flambeau du Soleil, qui en contraigne les coursiers effrayés à se détourner d'un festin ; Priam n'a pas un père ensanglanté du meurtre de son beau-père, et qui ait marqué d'un crime les ondes de Myrtos. Notre aïeul ne poursuit pas des fruits dans celles du Styx, et ne cherche pas de l'eau dans le sein même des eaux. Qu'importe cependant si leur descendant te possède, si dans cette famille Jupiter est forcé de porter le nom de beau-père ?

Ô crime ! cet indigne époux te presse des nuits entières dans ses bras, et jouit de tes faveurs. Moi, hélas ! je ne puis t'apercevoir que quand la table vient d'être enfin dressée ; et encore combien ce moment m'apporte-t-il d'angoisses ! Puissent mes ennemis assister à des repas tels que ceux que je subis souvent, lorsque le vin est servi. Je maudis cette hospitalité, lorsque, sous mes yeux, il passe autour de ton cou ses bras grossiers. La jalousie me déchire, faut-il tout dire enfin, lorsque, couvrant ton corps, il le réchauffe sous son vêtement. Quand vous vous donniez, en ma présence, de tendres baisers, je prenais ma coupe, et la plaçais devant mes yeux. Je les baisse, lorsqu'il te tient étroitement serrée ; et les aliments s'accumulent lentement dans ma bouche qui les refuse. Souvent j'ai poussé des soupirs, et j'ai remarqué qu'à ces soupirs tu ne retenais pas un rire moqueur. Souvent j'ai voulu éteindre dans le vin mon ardeur ; mais elle ne faisait que s'accroître, et mon ivresse était du feu dans du feu. Pour n'être pas témoin de maintes caresses, je détourne et baisse la tête; mais tu rappelles aussitôt mes regards. Que faire ? je l'ignore; ce spectacle est pour moi un tourment; mais un tourment plus grand encore serait d'être banni de ta présence. Autant que me le permettent mes forces, je tâche de cacher cette frénésie; mais il est cependant visible, cet amour que je veux dissimuler.

Non, je ne t'en impose point : tu connais ma blessure, tu la connais, et plût au ciel qu'elle ne fût connue que de toi! Ah! que de fois, près de verser des larmes, j'ai détourné la vue, de peur qu'il ne me demandât la cause de mes pleurs! Ah! que de fois, après avoir vidé ma coupe, j'ai raconté les amours de jeunes cœurs, en tournant, à chaque mot, mon visage vers le tien! C'était moi que je désignais sous un nom supposé; j'étais, si tu l'ignores, j'étais moi-même l'amant véritable. Bien plus, afin de pouvoir employer des termes plus passionnés, j'ai plus d'une fois simulé l'ivresse. Ta tunique flottante laissa, il m'en souvient, ton sein à découvert, et livra à mes yeux un accès vers ce sein nu, ce sein plus blanc que la neige éclatante, que le lait, et que Jupiter lorsqu'il embrassa ta mère. Tandis que je m'extasie à cette vue, l'anse arrondie de la coupe que je tenais par hasard s'échappe de mes doigts. Si tu donnais à ta fille un baiser, soudain je le prenais avec bonheur sur la bouche de la pure

Hermione. Tantôt mollement couché, je chantais les antiques amours ; tantôt j'empruntais au geste son mystérieux langage. J'ai osé dernièrement adresser de douces paroles à tes premières compagnes, Clymène et Éthra. Elles ne me parlèrent que de leurs craintes, et me laissèrent au milieu de mes pressantes prières.

Oh ! que les dieux, t'offrant pour prix d'une lutte solennelle, ne t'ont-ils promise à la couche du vainqueur ! Comme Hippomène emporta pour prix de la course la fille de Schœné, comme Hippodamie passa dans les bras d'un Phrygien comme le fougueux Alcide brisa les cornes d'Achéloüs, quand il aspira, ô Déjanire, à tes faveurs ; mon audace eût, aux mêmes conditions, produit des hauts faits, et tu saurais être pour moi le gage d'une victoire difficile. Il ne me reste plus maintenant, belle Hélène, qu'à te supplier, qu'à embrasser tes genoux, si tu y consens. Ô toi ! l'honneur, ô toi ! aujourd'hui la gloire des deux jumeaux ! Ô toi ! digne d'avoir Jupiter pour époux, si tu n'étais la fille de Jupiter ! Ou le port de Sigée me reverra avec toi mon épouse ; ou, exilé sur la terre de Ténare, j'y serai enseveli. Le trait n'a pas légèrement effleuré ma poitrine ; la blessure a pénétré jusqu'à mes os. C'était, je me le rappelle, une flèche céleste qui devait me percer ; cette prédiction de ma sœur s'est vérifiée. Garde-toi, Hélène, de mépriser un amour qu'autorisent les destins ; et puissent, à ce prix, les dieux exaucer tes vœux !

Pâris à Hélène

Beaucoup de choses me viennent à la pensée ; mais pour que notre bouche en ait plus à dire, reçois-moi dans ta couche pendant le silence de la nuit. La pudeur et la crainte t'empêchent-elles de profaner l'amour conjugal, et de violer les chastes droits d'une union légitime ? Ah ! dans ta simplicité que j'ai presque appelée grossière, penses-tu, Hélène, que ta beauté puisse ne pas faillir ? Il te faut cesser ou d'être belle ou d'être sévère. Une grande lutte est engagée entre la sagesse et la beauté. Ces larcins charment Jupiter ; ils charment la blonde Vénus. Ces larcins ne t'ont-ils pas d'ailleurs donné pour père le maître des dieux ? Si le sang de tes ancêtres a quelque vertu, fille de Jupiter et de Léda, tu peux à peine demeurer chaste. Sois-le cependant alors que ma Troie te possédera ; ne sois, je t'en supplie, coupable que pour moi seul. Commettons maintenant une faute que le mariage réparera, si toutefois Vénus ne m'a pas fait une vaine promesse.

Mais ton époux t'y engage par sa conduite, sinon par ses discours, et il s'absente pour n'être pas un obstacle au furtif amour de son hôte. Il ne pouvait mieux choisir son temps pour visiter le royaume de Crète. Ô merveilleuse finesse de cet homme ! Il partit, et dit en s'éloignant : « Prends soin à ma place, ô mon épouse ! de l'hôte phrygien que je te confie. » Tu négliges, je l'atteste, les recommandations de ton mari absent. Tu n'as aucun soin de ton hôte. Crois-tu donc, fille de Tyndare, que cet homme imprudent soit capable d'apprécier le mérite de ta beauté ? Tu t'abuses, il le méconnaît ; et il n'abandonnerait pas à un étranger, s'il y attachait un grand prix, le trésor qu'il possède. Que si ma voix, que si mon ardeur ne te peuvent déterminer, l'occasion qu'il nous offre nous oblige à en profiter. Nous serons insensés, nous le serons plus que lui, si nous laissons s'échapper une occasion si sûre. C'est presque de ses mains qu'il te présente un amant ; profite de la simplicité d'un époux qui m'a confié à toi.

Tu reposes seule dans un lit solitaire, pendant la longueur des nuits ; seul aussi je repose dans ma couche solitaire. Que des joies communes nous unissent l'un à l'autre : cette nuit-là sera plus belle que le jour à son midi. Alors je jurerai par les divinités qu'il te plaira, et je me lierai par le serment solennel que tu m'auras dicté. Alors, si ma confiance n'est pas trompeuse, j'obtiendrai que tu viennes dans mon royaume. Si la pudeur et la crainte te retiennent, ce n'est pas toi qui paraîtras m'avoir suivi ; je serai coupable sans toi de cet attentat : car j'imiterai le fils d'Égée et tes frères ; tu ne peux te rendre à un exemple qui te touche de plus près. Tu fus enlevée par Thésée ; les deux filles de Leucippe le furent par eux ; je serai le quatrième exemple que l'on citera. La flotte troyenne est prête, elle est garnie d'armes et d'hommes ; la rame et le vent vont bientôt en accélérer la course. Tu traverseras, comme une reine puissante, les cités dardaniennes ; et les peuples croiront voir une divinité nouvelle. Partout où se porteront tes pas, la flamme exhalera le cinnamome, et la victime fera retentir, en tombant, la terre ensanglantée. Mon père et mes frères, mes sœurs et ma mère, toutes les femmes d'Ilion, et Troie tout entière, t'offriront des présents. Je te découvre, hélas! à peine une faible partie de l'avenir : tu recueilleras plus d'hommages que ne t'en prédit ma lettre.

Ne crains pas, une fois ravie, que de terribles guerres nous poursuivent, et que la vaste Grèce arme contre nous ses forces. De tant de femmes qui se sont vu enlever, laquelle réclama-t-on les armes à la main ? Crois-moi, ce projet t'inspire de vaines alarmes. Les Thraces, sous la conduite d'Aquilon, enlevèrent la fille d'Érechthée ; et les rivages bistoniens restèrent à l'abri de la guerre. Jason de Pagase emmena sur son vaisseau, invention nouvelle, la jeune fille du Phase ; et le sol thessalien ne fut pas en butte aux attaques de Colchos. Thésée, qui t'enleva, avait enlevé aussi la fille de Minos ; Minos cependant n'appela pas les Crétois aux armes. La terreur, dans ces circonstances, est d'ordinaire plus grande que le péril ; et ce qu'on se plaît à craindre, on rougit de l'avoir craint.

Toutefois, suppose, si tu le veux, qu'une guerre formidable éclate ; j'ai quelque force, et mes traits sont mortels. L'opulence de l'Asie ne le cède pas à celle de vos contrées ; elle est riche en hommes, riche en coursiers. Ménélas, ce fils d'Atrée, n'aura pas plus de valeur que Pâris, et ne peut lui être préféré sous les armes. Presque enfant, j'ai enlevé leurs troupeaux à des ennemis que j'avais immolés, et je dois à ces hauts faits le nom que je porte. Presque enfant, j'ai, dans divers combats, vaincu de jeunes hommes, au nombre desquels étaient Ilionée et Déiphobe. Et ne pense pas que je ne sois redoutable que de près : ma flèche atteint le but qui lui est assigné. Peux-tu lui accorder des débuts et des exploits pareils ? Peux-tu attribuer au fils d'Atrée un art égal au mien ? Et quand tu lui donnerais tout, lui donneras-tu Hector pour frère, Hector qui seul tient lieu d'une armée ? Tu ne sais ni ce que je vaux, ni ce que peut ma force ; tu ignores à quel époux tu dois être unie.

Ainsi, ou tu ne seras pas réclamée par une guerre, ou l'armée des Grecs devra céder à la nôtre. Je n'hésiterais pas cependant à porter le poids de la guerre pour une épouse aussi précieuse, de grandes récompenses sont l'aiguillon des luttes. Et toi, si le monde entier se dispute ta conquête, tu acquerras dans la postérité un nom immortel. Seulement, espère et ne crains pas ; et, quittant ce séjour avec la faveur des dieux, exige en pleine assurance l'accomplissement de mes promesses.

JULIETTE DROUET
« *Mon grand petit homme*...* »

[1833]

À mon bien-aimé,

Je t'ai quitté, mon bien-aimé. Que le souvenir de mon amour te suive et te console pendant notre séparation. Si tu savais combien je t'aime, combien tu es nécessaire à ma vie, tu n'oserais pas t'absenter un seul moment, tu resterais toujours auprès de moi, ton cœur contre mon cœur, ton âme contre mon âme.

Il est onze heures du soir. Je ne t'ai pas vu. Je t'attends avec bien de l'impatience, je t'attends toujours. Il me semble qu'il y a un siècle que je ne t'ai vu, que je n'ai contemplé tes traits, que je ne me suis enivrée de ton regard. Pauvre fille que je suis, je ne te verrai probablement pas ce soir.

Oh! reviens, mon âme, ma vie, reviens.

Si tu savais comme je te désire, comme le

---

* Extrait de « *Mon grand petit homme...* » *Mille et une lettres d'amour à Victor Hugo* (L'Imaginaire n° 457).

souvenir de cette nuit me rend folle et impatiente de bonheur. Combien je désire m'enivrer de ton haleine et de tes baisers que je savoure en extase sur ta bouche !

Mon Victor, pardonne-moi toutes mes folies. C'est encore de l'amour. Aime-moi. J'ai bien besoin de ton amour pour me sentir exister. C'est le soleil qui ranime ma vie.

Je vais me coucher. Je m'endormirai en priant pour toi. Le besoin que j'ai de ton bonheur me donne de la foi.

À toi ma dernière pensée, à toi tous mes rêves.

JULIETTE.

Mardi onze heures du soir.

C'est lorsque je t'ai quitté, méchante, que notre séparation est cruelle pour moi.

Mon Dieu ! Pourquoi t'ai-je laissé partir précipitamment, partir sans adieu ?

Oh ! j'ai bien des remords et bien des chagrins, à l'heure qu'il est et je voudrais me repentir à tes genoux. Je suis bien méchante, bien injuste, n'est-ce pas ! Mais je t'aime. Oh ! oui, c'est bien vrai, je t'aime. Je ne crois qu'en toi. Je ne vis qu'en toi et pour toi.

Veux-tu savoir ce qui me rend folle, injuste et méchante ? C'est la crainte de n'avoir pas la première place dans ton cœur. Je souffre de te savoir près de gens qui ont autant que moi et plus encore le droit de t'aimer.

Enfin, j'envie jusqu'à l'air que tu respires. Je crains que l'air soit plus doux, le soleil plus beau, à la campagne qu'à Paris où l'air est si lourd, le soleil si triste depuis quelques jours.

Si tu savais comme je t'aime, mon Victor, tu aurais de l'indulgence, tu m'aimerais davantage pour toutes ces tracasseries que te suscite mon amour.

Je t'aime plus que je ne puis dire. Je t'aime avec frénésie, enfin je t'aime. Mais mon cœur va bien au-delà de ce mot. J'y mets toute ma vie, toute mon âme.

Pourvu que mon injustice ne te refroidisse pas. Pourvu que ta belle petite fille ne soit pas malade sérieusement. Pourvu que tu reviennes au plus tard demain. Pourvu que tu m'aimes encore autant. Tout est réparable. Je t'aimerai jusqu'à l'expiation complète de tous mes torts. Je t'aimerai après toute ma vie et au-delà si nous avons une autre vie.

Bonsoir, ange, bonsoir, mille baisers, mille caresses en pensées, en désir. Je t'aime, mon Victor.

JULIETTE.

Avant de lire, regarde-moi encore une fois, avec amour.

Pauvre ami, je m'en vais bien t'affliger et bien te surprendre. Cependant il le faut, je ne me sens pas le courage de résister plus longtemps à ton injuste et soupçonneuse jalousie, à cette continuelle défiance d'un sentiment qui est aussi pur et aussi vrai que celui qu'on a pour Dieu.

J'aime mieux te quitter que de m'exposer encore à de nouveaux chagrins qui finiraient par détruire ou ma raison ou mon amour.

Voilà une résolution prise dans l'excès de mon amour même. Si tu souffres, pardonne-moi et bénis-moi avant de me quitter pour toujours.

Je t'aime,

J.

Pour Monsieur Victor

Je t'écris, mon bien-aimé Victor, parce que je ne renonce pas aussi facilement que toi à ce qui est le bonheur.

Je t'écris pour te remercier de m'avoir rendu toute ta bonne affection.

Je t'écris parce que je t'aime de toutes les puissances de mon âme.

Je t'écris pour t'encourager à m'écrire. Tes lettres sont si bonnes, elles me font passer mes seuls moments heureux quand nous sommes séparés.

Enfin je t'écris pour te répéter que je t'aime, que je n'aime que toi.

JULIETTE.

Puisque vous tenez à une rétractation d'offenses qui n'existent qu'en apparence, je dois vous la faire entière et sans restriction. Il n'est pas vrai que j'ai voulu vous offenser par des reproches indignes de vous et de moi, il n'est pas vrai que j'ai jamais eu sur vous une opinion autre que celle-ci : je vous estime plus que tous les autres hommes.

Maintenant, la cause réelle et irrésistible de notre séparation la voici : c'est la certitude que vous n'avez pour moi qu'un amour incomplet, cette certitude, je l'ai acquise tous les jours, et aujourd'hui même, quand vous m'avez dit que vous croyiez que je vous avais trompé.

Cela pourrait passer pour une offense grave envers une femme qui ne vous a jamais trompé dans l'amour qu'elle a pour vous, qui n'a d'autre tort que de vous aimer trop, puisque cet excès d'amour lui a donné le triste courage de perdre son estime et la vôtre pour conserver une fois de plus votre amour.

Mais je ne veux pas penser que vous ayez eu l'intention de m'offenser en me laissant voir cette plaie de votre cœur. Je regarde que c'est un malheur qui nous frappe tous deux et auquel nous ne pouvons rien que de nous éloigner l'un de l'autre; il est possible que nos plaies se cicatrisent quand elles ne seront plus exposées au frottement continuel de la défiance.

Adieu, je vous demande pardon si je vous ai offensé, je vous plains si je vous afflige.

J'attends de vous que vous ne cherchiez pas à me revoir, c'est le dernier sacrifice que j'exige.

J.

À mon cher bien-aimé Victor, propriétaire de mon âme, de mon souffle, de mes pensées, de mon cœur, de mon sang, etc. etc. etc. etc. etc. etc.

Paris, 22 novembre,
10 heures du soir.

Ce n'est plus une lettre d'adieu que je veux t'écrire, mon Victor, non, c'est une lettre d'amour, une lettre d'expiation, une lettre d'adoration, une lettre de conviction. C'est une lettre enfin à laquelle je veux donner toute la forme et toute la durée d'un bail à vie, en passant toutefois la description et l'état des lieux que tu connais mieux que moi.

Pardonne-moi, mon cher bien-aimé, le mal que je t'ai fait tantôt. J'y étais poussée par je ne sais quel mauvais esprit qui me soufflait dans l'oreille, pardonne-moi ce dernier soupçon. Que veux-tu, l'amour a aussi ses épreuves de franc-maçonnerie. Mais tu es sorti de cette épreuve à ta plus grande gloire.

Mais je t'adore. Mais je n'ai pas assez de mots, assez de voix, assez de doigts, pour te le dire, te le crier, te l'écrire. Je t'aime. Toute ma vie sera pour te le prouver. Je t'aime trente cent millions de milliards de fois plus que tu n'en as besoin pour ton bonheur.

Mon âme est une espèce de grenier d'abondance où tu peux puiser sans cesse avant de voir la fin de mon amour. Je serai morte que je t'aimerai encore. Mon corps et ma vie s'useront avant qu'une parcelle de mon amour se soit en allée.

Je t'aime. À toi donc ma vie, à toi mon âme, à toi mon corps, à toi tout le reste, si cela vaut la peine d'être donné.

À toi tout sans restriction.

JULIETTE.

MADELEINE DE SCUDÉRY
Clélie, histoire romaine *

Cependant malgré toute sa violence, le prince de Numidie était son rival ; il est vrai qu'il l'était d'une manière si adroite, que personne ne s'en apercevait que Clélie seulement ; et il avait même persuadé à Maharbal que la principale raison qui le faisait aller si souvent chez Sulpicie, était qu'il était charmé de son langage ; et en effet ce prince s'était donné la peine d'apprendre la langue romaine, seulement pour pouvoir parler de son amour à Clélie. En effet j'ai su ce matin par lui-même, qu'il s'était servi de l'étude qu'il en faisait, pour parler la première fois de sa passion à cette belle personne ; car comme il venait de quitter un homme qui était à Clélius, qui la lui apprenait, il feignit en s'entretenant seul avec elle, durant que Sulpicie parlait à d'autres dames, d'avoir oublié quelques enseignements qu'il lui avait donnés. Si bien qu'il se mit à lui faire diverses questions, lui disant qu'il lui serait bien

* Extrait de *Clélie, histoire romaine* (Folio classique n° 4337).

obligé, si elle voulait être sa maîtresse. « Comme la langue que vous voulez apprendre, lui dit-elle, m'est presque aussi étrangère qu'à vous, quoique je l'aie apprise au berceau, puisque ce n'est pas celle que je parle d'ordinaire, je vous enseignerais mes erreurs, au lieu de vous corriger des vôtres ; c'est pourquoi je ne suis nullement propre à être votre maîtresse.

— Comme je n'apprends principalement cette langue, lui dit-il, que parce que je sais que vous l'aimez, et que pour la parler avec vous, je dois principalement parler comme vous parlez, puisque ce n'est que de vous seule que je veux être entendu ; c'est pourquoi ne me refusez pas la grâce de m'éclaircir de mes doutes, et de m'aider à m'exprimer lorsque je vous entretiens. Car il est certain que quelque riche, et quelque belle que soit la langue de votre patrie, je la trouve pauvre, et stérile toutes les fois que je veux vous dire, "Je vous aime" ; aussi est-ce plutôt parce que je n'ai point trouvé de termes assez forts pour vous le bien dire, que par défaut de hardiesse que je ne vous l'ai point encore dit. Mais enfin cruelle Clélie, puisque vous ne me voulez pas enseigner à vous le dire mieux, je vous le dis aujourd'hui ; et je vous le dis avec la résolution de vous le dire toutes les fois que j'en trouverai l'occasion ; et avec la résolution aussi de la chercher très soigneusement.

— J'apporterai un soin si particulier à éviter de me trouver auprès de vous, répliqua Clélie, que s'il est vrai que vous m'aimiez, vous vous repentirez plus d'une fois de me l'avoir dit.

— Il y a si longtemps que je me repens de ne vous avoir pas découvert mon amour plus tôt, reprit le prince de Numidie, que j'ai peine à croire que je me puisse jamais repentir de vous avoir dit que je vous aime ; car enfin vous ne me pouvez faire entendre rien de si fâcheux où je ne me sois préparé ; je vous demande pourtant la grâce, ajouta-t-il, de me dire seulement que vous n'avez pas autant d'aversion pour moi, que pour Maharbal.

— Ce que vous me venez de dire, répliqua-t-elle, m'a si fort irrité l'esprit, que je ne sais présentement s'il y a quelque autre personne au monde que vous qui me déplaise.

— Ha ! rigoureuse Clélie, s'écria-t-il, vous portez la cruauté trop loin, de ne vouloir pas seulement me dire, que vous me haïssez un peu moins qu'un homme, que je sais que vous haïssez beaucoup ! et de vouloir même que je croie, que je suis seul au monde pour qui vous avez de l'aversion. »

Voilà donc Madame, quelle fut la déclaration d'amour du prince de Numidie, et de quelle manière l'admirable Clélie le traita.

THÉOPHILE GAUTIER
Le Roman de la momie *

Pharaon tenait le bout des doigts de Tahoser debout devant lui, et il fixait sur elles ses yeux de faucon, dont jamais les paupières ne palpitaient ; la jeune fille n'avait pour vêtement que la draperie substituée par Ra'hel à sa robe mouillée pendant la traversée du Nil ; mais sa beauté n'y perdait rien ; elle était là demi-nue, retenant d'une main la grossière étoffe qui glissait, et tout le haut de son corps charmant apparaissait dans sa blancheur dorée. Quand elle était parée, on pouvait regretter la place qu'occupaient ses gorgerins, ses bracelets et ses ceintures en or ou en pierres de couleur ; mais, à la voir privée ainsi de tout ornement, l'admiration se rassasiait ou plutôt s'exaltait.

Certes, beaucoup de femmes très belles étaient entrées dans le gynécée de Pharaon ; mais aucune n'était comparable à Tahoser, et les prunelles du roi dardaient des flammes si vives qu'elle fut

* Extrait de *Le Roman de la momie* (Folio classique n° 1718).

obligée de baisser les yeux n'en pouvant supporter l'éclat.

En son cœur Tahoser était orgueilleuse d'avoir excité l'amour de Pharaon : car quelle est la femme, si parfaite qu'elle soit, qui n'ait pas de vanité ? Pourtant elle eût préféré suivre au désert le jeune Hébreu. Le roi l'épouvantait, elle se sentait éblouie des splendeurs de sa face, et ses jambes se dérobaient sous elle. Pharaon, qui vit son trouble, la fit asseoir à ses pieds sur un coussin rouge brodé et orné de houppes.

« O Tahoser, dit-il en la baisant sur les cheveux, je t'aime. Quand je t'ai vue du haut de mon palanquin de triomphe porté au-dessus du front des hommes par les oëris, un sentiment inconnu est entré dans mon âme. Moi, que les désirs préviennent, j'ai désiré quelque chose ; j'ai compris que je n'étais pas tout. Jusque-là j'avais vécu solitaire dans ma toute-puissance, au fond de mes gigantesques palais, entouré d'ombres souriantes qui se disaient des femmes et ne produisaient pas plus d'impression sur moi que les figures peintes des fresques. J'écoutais au loin bruire et se plaindre vaguement les nations sur la tête desquelles j'essuyais mes sandales ou que j'enlevais par leurs chevelures, comme me représentent les bas-reliefs symboliques des pylônes, et, dans ma poitrine froide et compacte comme celle d'un dieu de basalte, je n'entendais pas le battement de mon cœur. Il me semblait qu'il n'y eût pas sur terre un être pareil à moi et qui pût m'émouvoir ;

en vain de mes expéditions chez les nations étrangères je ramenais des vierges choisies et des femmes célèbres dans leur pays à cause de leur beauté : je les jetais là comme des fleurs, après les avoir respirées un instant. Aucune ne me faisait naître l'idée de la revoir. Présentes, je les regardais à peine ; absentes, je les avais aussitôt oubliées. Twéa, Taïa, Amensé, Hont-Reché, que j'ai gardées par le dégoût d'en chercher d'autres qui m'eussent le lendemain été aussi indifférentes que celles-là, n'ont jamais été entre mes bras que des fantômes vains, que des formes parfumées et gracieuses, que des êtres d'une autre race, auxquels ma nature ne pouvait s'associer, pas plus que le léopard ne peut s'unir à la gazelle, l'habitant des airs à l'habitant des eaux ; et je pensais que, placé par les dieux en dehors et au-dessus des mortels, je ne devais partager ni leurs douleurs ni leurs joies. Un immense ennui, pareil à celui qu'éprouvent sans doute les momies qui, emmaillotées de bandelettes, attendent dans leurs cercueils, au fond des hypogées, que leur âme ait accompli le cercle des migrations, s'était emparé de moi sur mon trône, où souvent je restais les mains sur mes genoux comme un colosse de granit, songeant à l'impossible, à l'infini, à l'éternel. Bien des fois j'ai pensé à lever le voile d'Isis, au risque de tomber foudroyé aux pieds de la déesse. "Peut-être", me disais-je, "cette figure mystérieuse est-elle la figure que je rêve, celle qui doit m'inspirer de l'amour. Si la terre

me refuse le bonheur, j'escaladerai le ciel..."
Mais je t'ai aperçue; j'ai éprouvé un sentiment bizarre et nouveau; j'ai compris qu'il existait en dehors de moi un être nécessaire, impérieux, fatal dont je ne saurais me passer, et qui avait le pouvoir de me rendre malheureux. J'étais un roi, presque un dieu; ô Tahoser! tu as fait de moi un homme! »

Jamais peut-être Pharaon n'avait prononcé un si long discours. Habituellement un mot, un geste, un clignement d'œil lui suffisaient pour manifester sa volonté, aussitôt devinée par mille regards attentifs, inquiets. L'exécution suivait sa pensée comme l'éclair suit la foudre. Pour Tahoser, il semblait avoir renoncé à sa majesté granitique; il parlait, il s'expliquait comme un mortel.

Tahoser était en proie à un trouble singulier. Quoiqu'elle fût sensible à l'honneur d'avoir inspiré de l'amour au préféré de Phré, au favori d'Ammon-Ra, au conculcateur des peuples, à l'être effrayant, solennel et superbe, vers qui elle osait à peine lever les yeux, elle n'éprouvait pour lui aucune sympathie, et l'idée de lui appartenir lui inspirait une épouvante répulsive. À ce Pharaon qui avait enlevé son corps, elle ne pouvait donner son âme restée avec Poëri et Ra'hel, et, comme le roi paraissait attendre une réponse, elle dit :

« Comment se fait-il, ô roi, que, parmi toutes les filles d'Égypte, ton regard soit tombé sur moi, que tant d'autres surpassent en beauté, en talents et en dons de toutes sortes ? Comment, au milieu des touffes de lotus blancs, bleus et roses, à la corolle ouverte, au parfum suave, as-tu choisi l'humble brin d'herbe que rien ne distingue ?

— Je l'ignore ; mais sache que toi seule existes au monde pour moi, et que je ferai les filles de roi tes servantes.

— Et si je ne t'aimais pas ? dit timidement Tahoser.

— Que m'importe ? si je t'aime, répondit Pharaon ; est-ce que les plus belles femmes de l'univers ne se sont pas couchées en travers de mon seuil, pleurant et gémissant, s'égratignant les joues, se meurtrissant le sein, s'arrachant les cheveux, et ne sont pas mortes implorant un regard d'amour qui n'est pas descendu ? La passion d'une autre n'a jamais fait palpiter ce cœur d'airain dans cette poitrine marmoréenne ; résiste-moi, hais-moi, tu n'en seras que plus charmante ; pour la première fois, ma volonté rencontrera un obstacle, et je saurai le vaincre.

— Et si j'en aimais un autre ? » continua Tahoser enhardie.

À cette supposition, les sourcils de Pharaon se contractèrent ; il mordit violemment sa lèvre inférieure, où ses dents laissèrent des marques blanches, et il serra jusqu'à lui faire mal les doigts de la jeune fille qu'il tenait toujours ; puis il se calma et dit d'une voix lente et profonde :

« Quand tu auras vécu dans ce palais, au milieu de ces splendeurs, entourée de l'atmosphère de mon amour, tu oublieras tout, comme oublie celui qui mange le népenthès. Ta vie passée te semblera un rêve; tes sentiments antérieurs s'évaporeront comme l'encens sur le charbon de l'amschir; la femme aimée d'un roi ne se souvient plus des hommes. Va, viens, accoutume-toi aux magnificences pharaoniques, puise à même mes trésors, fais couler l'or à flots, amoncelle les pierreries, commande, fais, défais, abaisse, élève, sois ma maîtresse, ma femme et ma reine. Je te donne l'Égypte avec ses prêtres, ses armées, ses laboureurs, son peuple innombrable, ses palais, ses temples, ses villes; fripe-la comme un morceau de gaze; je t'aurai d'autres royaumes, plus grands, plus beaux, plus riches. Si le monde ne te suffit pas, je conquerrai des planètes, je détrônerai des dieux. Tu es celle que j'aime. Tahoser, la fille de Pétamounoph, n'existe plus. »

WILLIAM SHAKESPEARE
« *Entre mon cœur et mes yeux une alliance* * »

SONNET 47

Entre mon cœur et mes yeux une alliance.
Chacun rend maintenant à l'autre service.
Lorsque mes yeux ont faim de ton visage,
Ou que mon cœur suffoque, par trop d'amour,

Eh bien, mes yeux festoient de ton image
Mais invitent mon cœur à ce banquet,
Et d'autres fois mes yeux sont hôtes de mon cœur,
Ils ont leur part de sa pensée d'amour.

D'où suit que par l'image, ou mon amour,
Tu es sans cesse en moi, même en ton absence.
Peux-tu aller plus loin que ma pensée,
Non, et je suis en elle, et elle en toi.

* Extrait de *Les Sonnets*, précédés de *Vénus et Adonis* et du *Viol de Lucrèce* (Poésie-Gallimard).

Dormirait-elle ? En mes yeux ton image
Éveillerait mon cœur... Yeux, cœur, mêmes délices.

PAUL VERLAINE
« *J'ai presque peur, en vérité* *... »

XV

J'ai presque peur, en vérité,
Tant je sens ma vie enlacée
À la radieuse pensée
Qui m'a pris l'âme l'autre été,

Tant votre image, à jamais chère,
Habite en ce cœur tout à vous,
Mon cœur uniquement jaloux
De vous aimer et de vous plaire;

Et je tremble, pardonnez-moi
D'aussi franchement vous le dire,
À penser qu'un mot, un sourire
De vous est désormais ma loi,

* Extrait de *La Bonne Chanson. Jadis et Naguère. Parallèlement* (Poésie Gallimard).

Et qu'il vous suffirait d'un geste,
D'une parole ou d'un clin d'œil,
Pour mettre tout mon être en deuil
De son illusion céleste.

Mais plutôt je ne veux vous voir,
L'avenir dût-il m'être sombre
Et fécond en peines sans nombre,
Qu'à travers un immense espoir,

Plongé dans ce bonheur suprême
De me dire encore et toujours,
En dépit des mornes retours,
Que je vous aime, que je t'aime !

ARAGON
*Cantique des Cantiques**

J'ai passé dans tes bras l'autre moitié de vivre

*

Tu es l'oiseau divin que l'on dit introuvable
Et pour aller à toi que la mer est profonde
Ceux du grand jour ne sauront jamais que ton nom

*

Au-delà de ton nom quelle chose appelai-je
Qui ne fût aussitôt le sang du sacrilège

*

Quand dans le jour premier entre les dents d'Adam
    Dieu mit les mots de chaque chose

* Extrait de *Le Fou d'Elsa* (Poésie Gallimard).

Sur sa langue ton nom demeura m'attendant
Comme l'hiver attend la naissance des roses

*

Il n'y a point au ciel assez d'yeux pour te voir
Je n'ai d'autre miroir que mon cœur à te tendre
Il garde pour lui seul ton visage secret

*

Ont-ils science assez pour ton pied sur le sable
Hiéroglyphe adorable et toujours effacé

*

Toi mon soleil de grâce en qui s'évanouit
La visible senteur des louanges humaines

*

Tu es la soif et l'eau le soir et le matin
Corps en qui la couleur est pareille aux contraires

*

Tout ce qu'aveuglément un monde à toi préfère
Est simulacre idole au prix du Dieu vivant

*

Je parle ici la langue des oiseaux
    Que l'on voit en voyage
Tracer dans l'air des files de ciseaux
    Pour tailler les nuages
Leur vol y semble à traverser les cieux
    En découdre la jupe
Vers la contrée inconnaissable aux yeux
    Conduits par une huppe
Qui va clamant la Reine des Sabâ
    Sa beauté sa louange
Jusqu'au pays au-delà de là-bas
    Où demeurent les Anges
Je ne suis pas le grand roi Salomon
    Dont frémissait la harpe
Et qui dansait dans le soleil saumon
    L'arc-en-ciel pour écharpe
Plus est l'amour que le sien violent
    Dont je porte la marque
Moi qui connais le langage volant
    Autant que ce monarque
Ma reine à moi n'est pas une statue
    Un semblant de la femme
Je dois porter où rien ne se situe
    La couleur de mon âme
Je dois porter oiseaux plus haut que vous
    Dans vos millions d'ailes
Jusqu'où s'étend la Cité du Non-où
    Miroir qui n'est que d'Elle
Et que s'entr'ouvre alors désert de Dieu
    Comme au baiser la bouche

Que je sois Dieu qui n'ai que d'elle d'yeux
Ou seulement la touche

*

Ô ma lèvre-hirondelle

*

Ma main timidement à toucher tes genoux
S'étonne d'y sentir qu'un cœur-enfant tressaille

*

Je suis comme celui qui vint sur la colline
Et prit une perdrix dans ses mains par hasard
Il est là ne sachant que faire de sa chance
Ah que la plume est douce et cette peur qui bat

*

Toutes les femmes de ma vie
Étaient primevères de toi

*

Lorsque ma lèvre a gémi tes bras en couronne
Autour de mon âme ont mis leur champ d'ané-
   mones

*

Que pouvez-vous savoir du mal que j'ai des mots
Qui sont des vêtements indignes de ton ombre
Vous croyez que je joue et croyez que je mens
Incapables de voir ce qu'en mon cœur je cache

*

Au chant qui saigne en moi qu'est le chant de ma
    lèvre

*

Je te veille éternellement petite flamme
Immense tout à coup qui te fais mon brasier
Pour un reflet de toi j'abandonne mon âme
Que fleurisse la rose on taille le rosier

*

Car tu peux dire de moi Ceci est mon peuple

*

Tu descends lentement de terrasse en terrasse
Mon bel amour à pas de lune dans ma nuit

*

    Ne me parle pas de la mer
    À moi qui t'ai toute la vie

   Chantée
Ne me parle pas de ta mère
À moi qui t'ai toute la vie
   Portée

*

Derrière les murs dans la rue
Que se passe-t-il quel vacarme
Quels travaux quels cris quelles larmes
Ou rien La vie Un linge écru

Sèche au jardin sur une corde
C'est le soir Cela sent le thym
Un bruit de charrette s'éteint
Une guitare au loin s'accorde

La la la la la — La la la
La la la — La la la la la

Il fait jour longtemps dans la nuit
Un zeste de lune un nuage
Que l'arbre salue au passage
Et le cœur n'entend plus que lui

Ne bouge pas C'est si fragile
Si précaire si hasardeux
Cet instant d'ombre pour nous deux
Dans le silence de la ville

La la la la — La la la la
La la — la la — La la — la la

*

D'un tournant ta forme masquée
Ton visage dans l'autre sens
Ton pas ta voix tout m'est absence
Tout m'est un rendez-vous manqué

*

Ma paume avait gardé l'odeur de ton épaule

*

M'entends-tu te parler lorsque tu n'es pas là

*

Ce double mystère parmi
Les connaissances triomphantes
Ma femme sans fin que j'enfante
Au monde par qui je suis mis

*

THÈME POUR LE MOIS DE NAÏSSÂN

Je ne puis t'aimer jamais
    Tant que je t'aime

*

Mon bonheur fabuleux immobile avant l'aube
Seuil instable de l'être et du songe un moment

*

Immobile attendant après l'aube ton aube
Je tiens infiniment ton doux bras dans ma main
Tandis qu'en moi fleurit une chose indicible
Sur ta lèvre déjà je vois pâlir demain

*

Ton visage est le ciel étoilé de ma vie

*

Toi qui marches dans moi ma profonde musique
J'écoute s'éloigner le parfum de tes pas

*

    Le vent roule aux pentes du toit
    De rousses graines d'azerolles
    J'ai rêvé si longtemps de toi
    Que j'en ai perdu la parole

*

Je suis plein du silence assourdissant d'aimer

Cantique des Cantiques

*

Connais-tu le pays où la femme est songée

*

Te toucher c'est plus beau que d'être
Et te voir si doux que mourir

*

Ô mon amour ô ma grande herbe
Qu'on m'y laisse à jamais dormir

*

En vain j'avais coupé toutes les fleurs du monde
Elles sont à faner à terre devant toi
Sans eau sans rime

Commentaire de Zaïd : Et, quand il vit le titre que j'avais donné à ces morceaux de sa chair, mon Maître se fâcha contre moi, disant : « Salomon parlait le langage des Oiseaux, et sans doute que cela lui était commode pour converser avec la Huppe ou Simorg, mais qu'aurais-je fait de ce babil, puisque d'Elsa langage ne peut être que de la prière ? » *Naïssân* est dans le calendrier syriaque le premier mois de printemps.

« *La passion qu'elle lui cachait* »

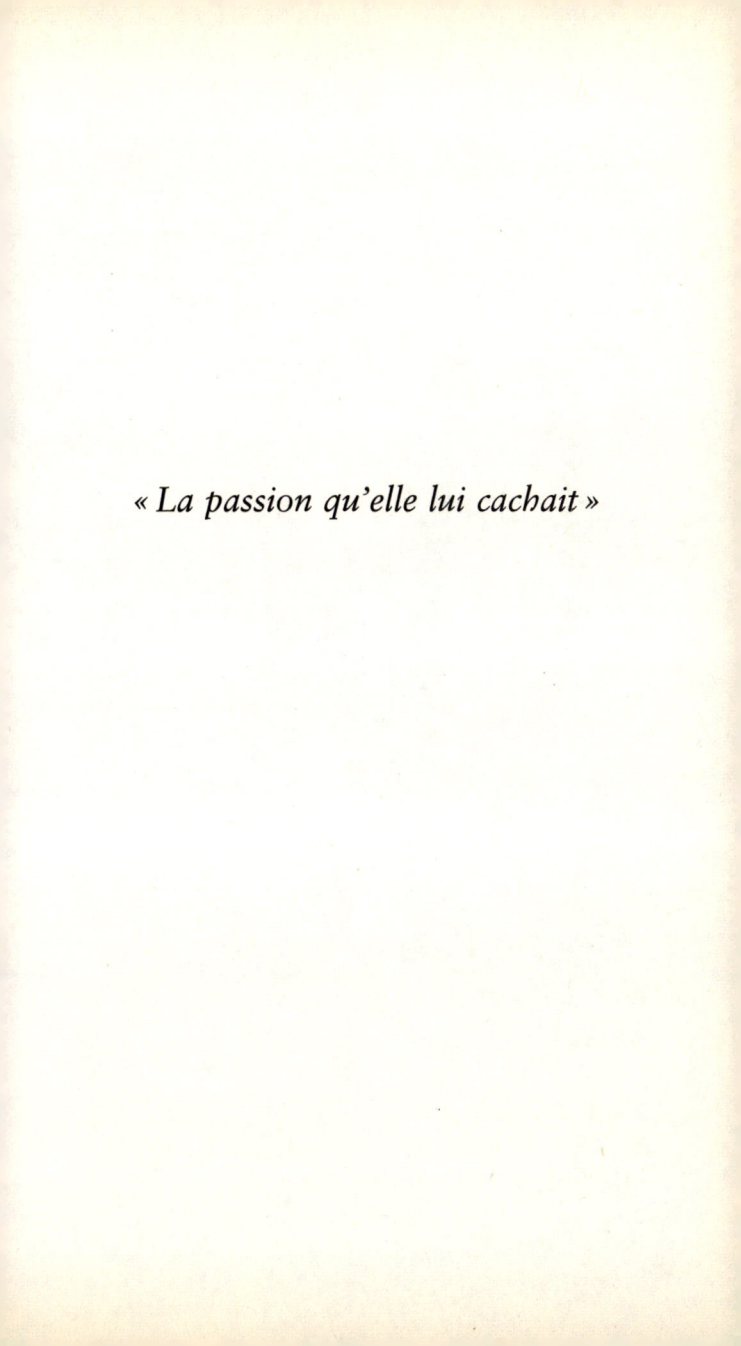

PIERRE CORNEILLE
Le Cid*

CHIMÈNE, ELVIRE

CHIMÈNE

Enfin je me vois libre, et je puis sans contrainte
De mes vives douleurs te faire voir l'atteinte,
Je puis donner passage à mes tristes soupirs,
Je puis t'ouvrir mon âme, et tous mes déplaisirs.
Mon père est mort, Elvire, et la première épée
Dont s'est armé Rodrigue a sa trame coupée
Pleurez, pleurez mes yeux, et fondez-vous en eau,
La moitié de ma vie a mis l'autre au tombeau,
Et m'oblige à venger, après ce coup funeste,
Celle que je n'ai plus, sur celle qui me reste.

ELVIRE

Reposez-vous, Madame.

CHIMÈNE

Ah! que mal à propos

* Extrait de Le Cid. Acte III, scène III (Folio classique n° 3220).

Ton avis importun m'ordonne du repos !
Par où sera jamais mon âme satisfaite
Si je pleure ma perte, et la main qui l'a faite ?
Et que puis-je espérer qu'un tourment éternel
Si je poursuis un crime aimant le criminel ?

ELVIRE

Il vous prive d'un père, et vous l'aimez encore !

CHIMÈNE

C'est peu de dire aimer, Elvire, je l'adore :
Ma passion s'oppose à mon ressentiment,
Dedans mon ennemi je trouve mon amant,
Et je sens qu'en dépit de toute ma colère
Rodrigue dans mon cœur combat encor mon père.
Il l'attaque, il le presse, il cède, il se défend,
Tantôt fort, tantôt faible, et tantôt triomphant :
Mais en ce dur combat de colère et de flamme
Il déchire mon cœur sans partager mon âme,
Et quoi que mon amour ait sur moi de pouvoir
Je ne consulte point pour suivre mon devoir,
Je cours sans balancer où mon honneur m'oblige,
Rodrigue m'est bien cher, son intérêt m'afflige,
Mon cœur prend son parti, mais contre leur effort
Je sais que je suis fille, et que mon père est mort.

ELVIRE

Pensez-vous le poursuivre ?

CHIMÈNE

                Ah! cruelle pensée,
Et cruelle poursuite où je me vois forcée!
Je demande sa tête, et crains de l'obtenir,
Ma mort suivra la sienne, et je le veux punir.

ELVIRE

Quittez, quittez, Madame, un dessein si tragique,
Ne vous imposez point de loi si tyrannique.

CHIMÈNE

Quoi? J'aurai vu mourir mon père entre mes bras
Son sang criera vengeance et je ne l'orrai pas!
Mon cœur honteusement surpris par d'autres charmes
Croira ne lui devoir que d'impuissantes larmes!
Et je pourrai souffrir qu'un amour suborneur
Dans un lâche silence étouffe mon honneur!

ELVIRE

Madame, croyez-moi, vous serez excusable
De conserver pour vous un homme incomparable
Un amant si chéri; vous avez assez fait,
Vous avez vu le Roi, n'en pressez point d'effet,
Ne vous obstinez point en cette humeur étrange.

CHIMÈNE

Il y va de ma gloire, il faut que je me venge,
Et de quoi que nous flatte un désir amoureux,
Toute excuse est honteuse aux esprits généreux.

ELVIRE

Mais vous aimez Rodrigue, il ne vous peut déplaire.

CHIMÈNE

Je l'avoue.

ELVIRE

Après tout que pensez-vous donc faire ?

CHIMÈNE

Pour conserver ma gloire, et finir mon ennui,
Le poursuivre, le perdre, et mourir après lui.

MADAME DE LAFAYETTE
La Princesse de Clèves *

Les palissades étaient fort hautes, et il y en avait encore derrière, pour empêcher qu'on ne pût entrer ; en sorte qu'il était assez difficile de se faire passage. M. de Nemours en vint à bout néanmoins ; sitôt qu'il fut dans ce jardin, il n'eut pas de peine à démêler où était Mme de Clèves. Il vit beaucoup de lumières dans le cabinet ; toutes les fenêtres en étaient ouvertes et, en se glissant le long des palissades, il s'en approcha avec un trouble et une émotion qu'il est aisé de se représenter. Il se rangea derrière une des fenêtres, qui servaient de porte, pour voir ce que faisait Mme de Clèves. Il vit qu'elle était seule ; mais il la vit d'une si admirable beauté qu'à peine fut-il maître du transport que lui donna cette vue. Il faisait chaud, et elle n'avait rien, sur sa tête et sur sa gorge, que ses cheveux confusément rattachés. Elle était sur un lit de repos, avec une

---

* Extrait de *La Princesse de Clèves* et autres romans (Folio classique n° 778).

table devant elle, où il y avait plusieurs corbeilles pleines de rubans ; elle en choisit quelques-uns, et M. de Nemours remarqua que c'étaient des mêmes couleurs qu'il avait portées au tournoi. Il vit qu'elle en faisait des nœuds à une canne des Indes, fort extraordinaire, qu'il avait portée quelque temps et qu'il avait donnée à sa sœur, à qui Mme de Clèves l'avait prise sans faire semblant de la reconnaître pour avoir été à M. de Nemours. Après qu'elle eut achevé son ouvrage avec une grâce et une douceur que répandaient sur son visage les sentiments qu'elle avait dans le cœur, elle prit un flambeau et s'en alla, proche d'une grande table, vis-à-vis du tableau du siège de Metz, où était le portrait de M. de Nemours ; elle s'assit et se mit à regarder ce portrait avec une attention et une rêverie que la passion seule peut donner.

On ne peut exprimer ce que sentit M. de Nemours dans ce moment. Voir au milieu de la nuit, dans le plus beau lieu du monde, une personne qu'il adorait, la voir sans qu'elle sût qu'il la voyait, et la voir tout occupée de choses qui avaient du rapport à lui et à la passion qu'elle lui cachait, c'est ce qui n'a jamais été goûté ni imaginé par nul autre amant.

Ce prince était aussi tellement hors de lui-même qu'il demeurait immobile à regarder Mme de Clèves, sans songer que les moments lui étaient précieux. Quand il fut un peu remis, il pensa qu'il devait attendre à lui parler qu'elle allât dans le jardin; il crut qu'il le pourrait faire avec plus de sûreté, parce qu'elle serait plus éloignée de ses femmes; mais, voyant qu'elle demeurerait dans le cabinet, il prit la résolution d'y entrer. Quand il voulut l'exécuter, quel trouble n'eut-il point! Quelle crainte de lui déplaire! Quelle peur de faire changer ce visage où il y avait tant de douceur et de le voir devenir plein de sévérité et de colère!

Il trouva qu'il y avait eu de la folie, non pas à venir voir Mme de Clèves sans en être vu, mais à penser de s'en faire voir, il vit tout ce qu'il n'avait point encore envisagé. Il lui parut de l'extravagance dans sa hardiesse de venir surprendre, au milieu de la nuit, une personne à qui il n'avait encore jamais parlé de son amour. Il pensa qu'il ne devait pas prétendre qu'elle le voulût écouter, et qu'elle aurait une juste colère du péril où il l'exposait par les accidents qui pouvaient arriver. Tout son courage l'abandonna, et il fut prêt plusieurs fois à prendre la résolution de s'en retourner sans se faire voir. Poussé néanmoins par le désir de lui parler, et rassuré par les espérances que lui donnait tout ce qu'il avait vu, il avança quelques pas, mais avec tant de trouble qu'une écharpe qu'il avait s'embarrassa dans la fenêtre, en sorte qu'il fit du bruit. Mme de Clèves tourna la tête, et, soit qu'elle eût l'esprit rempli de ce prince, ou qu'il fût dans un lieu où la lumière donnait assez pour qu'elle le pût distinguer, elle crut le reconnaître et sans balancer ni se retourner du côté où il était, elle entra dans le lieu où étaient ses femmes. Elle y entra avec tant de trouble qu'elle fut contrainte, pour le cacher, de dire qu'elle se trouvait mal; et elle le dit aussi pour occuper tous ses gens et pour donner le temps à M. de Nemours de se retirer. Quand elle eut fait quelque réflexion, elle pensa qu'elle s'était trompée et que c'était un effet de son imagination d'avoir cru voir M. de Nemours. Elle savait qu'il était à Chambord, elle ne trouvait nulle apparence qu'il eût entrepris une chose si hasardeuse; elle eut envie plusieurs fois de rentrer dans le cabinet et d'aller voir dans le jardin s'il y avait quelqu'un. Peut-être souhaitait-elle, autant qu'elle le craignait, d'y trouver M. de Nemours; mais enfin la raison et la prudence l'emportèrent sur tous ses autres sentiments, et elle trouva qu'il valait mieux demeurer dans le doute où elle était que de prendre le hasard de s'en éclaircir. Elle fut longtemps à se résoudre à sortir d'un lieu dont elle pensait que ce prince était peut-être si proche, et il était quasi jour quand elle revint au château.

M. de Nemours était demeuré dans le jardin tant qu'il avait vu de la lumière; il n'avait pu perdre l'espérance de revoir Mme de Clèves, quoiqu'il fût persuadé qu'elle l'avait reconnu et qu'elle n'était sortie que pour l'éviter; mais voyant qu'on fermait les portes, il jugea bien qu'il n'avait plus rien à espérer. Il vint reprendre son cheval tout proche du lieu où attendait le gentilhomme de M. de Clèves. Ce gentilhomme le suivit jusqu'au même village, d'où il était parti le soir. M. de Nemours se résolut d'y passer tout le jour, afin de retourner la nuit à Coulommiers, pour voir si Mme de Clèves aurait encore la cruauté de le fuir, ou celle de ne se pas exposer à être vue; quoiqu'il eût une joie sensible de l'avoir trouvée si remplie de son idée, il était néanmoins très affligé de lui avoir vu un mouvement si naturel de le fuir.

La passion n'a jamais été si tendre et si violente qu'elle l'était alors en ce prince. Il s'en alla sous des saules, le long d'un petit ruisseau qui coulait derrière la maison où il était caché. Il s'éloigna le plus qu'il lui fut possible, pour n'être vu ni entendu de personne; il s'abandonna aux transports de son amour et son cœur en fut tellement pressé qu'il fut contraint de laisser couler quelques larmes; mais ces larmes n'étaient pas de celles que la douleur seule fait répandre, elles étaient mêlées de douceur et de ce charme qui ne se trouve que dans l'amour.

Il se mit à repasser toutes les actions de Mme de Clèves depuis qu'il en était amoureux; quelle rigueur honnête et modeste elle avait toujours eue pour lui, quoiqu'elle l'aimât. Car, enfin, elle m'aime, disait-il; elle m'aime, je n'en saurais douter; les plus grands engagements et les plus grandes faveurs ne sont pas des marques si assurées que celles que j'en ai eues. Cependant je suis traité avec la même rigueur que si j'étais haï, j'ai espéré au temps, je n'en dois plus rien attendre ; je la vois toujours se défendre également contre moi et contre elle-même. Si je n'étais point aimé, je songerais à plaire ; mais je plais, on m'aime, et on me le cache. Que puis-je donc espérer, et quel changement dois-je attendre dans ma destinée ? Quoi ! je serai aimé de la plus aimable personne du monde et je n'aurai cet excès d'amour que donnent les premières certitudes d'être aimé que pour mieux sentir la douleur d'être maltraité ! Laissez-moi voir que vous m'aimez, belle princesse, s'écria-t-il, laissez-moi voir vos sentiments ; pourvu que je les connaisse par vous une fois en ma vie, je consens que vous repreniez pour toujours ces rigueurs dont vous m'accabliez. Regardez-moi du moins avec ces mêmes yeux dont je vous ai vue cette nuit regarder mon portrait ; pouvez-vous l'avoir regardé avec tant de douceur et m'avoir fui moi-même si cruellement ? Que craignez-vous ? Pourquoi mon amour vous est-il si redoutable ? Vous m'aimez, vous me le cachez inutilement ; vous-même m'en avez donné des marques involontaires. Je sais mon bonheur ; laissez-m'en jouir, et cessez de me rendre malheureux. Est-il possible, reprenait-il, que je sois aimé de Mme de Clèves et que je sois malheureux ? Qu'elle était belle cette nuit ! Comment ai-je pu résister à l'envie de me jeter à ses pieds ? Si je l'avais fait, je l'aurais peut-être empêchée de me fuir, mon respect l'aurait rassurée ; mais peut-être elle ne m'a pas reconnu ; je m'afflige plus que je ne dois, et la vue d'un homme, à une heure si extraordinaire, l'a effrayée.

Ces mêmes pensées occupèrent tout le jour M. de Nemours; il attendit la nuit avec impatience; et, quand elle fut venue, il reprit le chemin de Coulommiers. Le gentilhomme de M. de Clèves, qui s'était déguisé afin d'être moins remarqué, le suivit jusqu'au lieu où il l'avait suivi le soir d'auparavant et le vit entrer dans le même jardin. Ce prince connut bientôt que Mme de Clèves n'avait pas voulu hasarder qu'il essayât encore de la voir; toutes les portes étaient fermées. Il tourna de tous les côtés pour découvrir s'il ne verrait point de lumières; mais ce fut inutilement.

Mme de Clèves, s'étant doutée que M. de Nemours pourrait revenir, était demeurée dans sa chambre; elle avait appréhendé de n'avoir pas toujours la force de le fuir, et elle n'avait pas voulu se mettre au hasard de lui parler d'une manière si peu conforme à la conduite qu'elle avait eue jusqu'alors.

Quoique M. de Nemours n'eût aucune espérance de la voir, il ne put se résoudre à sortir si tôt d'un lieu où elle était si souvent. Il passa la nuit entière dans le jardin et trouva quelque consolation à voir du moins les mêmes objets qu'elle voyait tous les jours. Le soleil était levé devant qu'il pensât à se retirer; mais enfin la crainte d'être découvert l'obligea à s'en aller.

Il lui fut impossible de s'éloigner sans voir

Mme de Clèves; et il alla chez Mme de Mercœur, qui était alors dans cette maison qu'elle avait proche de Coulommiers. Elle fut extrêmement surprise de l'arrivée de son frère. Il inventa une cause de son voyage, assez vraisemblable pour la tromper, et enfin il conduisit si habilement son dessein qu'il l'obligea à lui proposer d'elle-même d'aller chez Mme de Clèves. Cette proposition fut exécutée dès le même jour, et M. de Nemours dit à sa sœur qu'il la quitterait à Coulommiers pour s'en retourner en diligence trouver le roi. Il fit ce dessein de la quitter à Coulommiers dans la pensée de l'en laisser partir la première; et il crut avoir trouvé un moyen infaillible de parler à Mme de Clèves.

Comme ils arrivèrent, elle se promenait dans une grande allée qui borde le parterre. La vue de M. de Nemours ne lui causa pas un médiocre trouble et ne lui laissa plus de douter que ce ne fût lui qu'elle avait vu la nuit précédente. Cette certitude lui donna quelque mouvement de colère, par la hardiesse et l'imprudence qu'elle trouvait dans ce qu'il avait entrepris. Ce prince remarqua une impression de froideur sur son visage qui lui donna une sensible douleur. La conversation fut de choses indifférentes; et, néanmoins, il trouva l'art d'y faire paraître tant d'esprit, tant de complaisance et tant d'admiration pour Mme de Clèves qu'il dissipa, malgré elle, une partie de la froideur qu'elle avait eue d'abord.

Lorsqu'il se sentit rassuré de sa première crainte, il témoigna une extrême curiosité d'aller voir le pavillon de la forêt. Il en parla comme du plus agréable lieu du monde et en fit même une description si particulière que Mme de Mercœur lui dit qu'il fallait qu'il y eût été plusieurs fois pour en connaître si bien toutes les beautés.

— Je ne crois pourtant pas, reprit Mme de Clèves, que M. de Nemours y ait jamais entré ; c'est un lieu qui n'est achevé que depuis peu.

— Il n'y a pas longtemps aussi que j'y ai été, reprit M. de Nemours en la regardant, et je ne sais si je ne dois point être bien aise que vous ayez oublié de m'y avoir vu.

Mme de Mercœur, qui regardait la beauté des jardins, n'avait point d'attention à ce que disait son frère. Mme de Clèves rougit et, baissant les yeux sans regarder M. de Nemours :

— Je ne me souviens point, lui dit-elle, de vous y avoir vu ; et, si vous y avez été, c'est sans que je l'aie su.

— Il est vrai, Madame, répliqua M. de Nemours, que j'y ai été sans vos ordres, et j'y ai passé les plus doux et les plus cruels moments de ma vie.

Mme de Clèves entendait trop bien tout ce que disait ce prince, mais elle n'y répondit point ; elle songea à empêcher Mme de Mercœur d'aller dans ce cabinet, parce que le portrait de M. de Nemours y était et qu'elle ne voulait pas qu'elle l'y vît. Elle fit si bien que le temps se passa insensiblement, et Mme de Mercœur parla de s'en retourner. Mais quand Mme de Clèves vit que M. de Nemours et sa sœur ne s'en allaient pas ensemble, elle jugea bien à quoi elle allait être exposée ; elle se trouva dans le même embarras où elle s'était trouvée à Paris et elle prit aussi le même parti. La crainte que cette visite ne fût encore une confirmation des soupçons qu'avait son mari ne contribua pas peu à la déterminer ; et, pour éviter que M. de Nemours ne demeurât seul avec elle, elle dit à Mme de Mercœur qu'elle l'allait conduire jusques au bord de la forêt, et elle ordonna que son carrosse la suivît. La douleur qu'eut ce prince de trouver toujours cette même continuation des rigueurs en Mme de Clèves fut si violente qu'il en pâlit dans le même moment. Mme de Mercœur lui demanda s'il se trouvait mal ; mais il regarda Mme de Clèves, sans que personne s'en aperçût, et il lui fit juger par ses regards qu'il n'avait d'autre mal que son désespoir. Cependant il fallut qu'il les laissât partir sans oser les suivre, et, après ce qu'il avait dit, il ne pouvait plus retourner avec sa sœur ; ainsi, il revint à Paris, et en partit le lendemain.

MADAME DE DURAS
*Ourika**

Un jour, nous nous promenions dans la forêt. Charles avait été absent presque toute la semaine : je l'aperçus tout à coup à l'extrémité de l'allée où nous marchions ; il venait à cheval, et très vite. Quand il fut près de l'endroit où nous étions, il sauta à terre et se mit à se promener avec nous : après quelques minutes de conversation générale, il resta en arrière avec moi, et nous recommençâmes à causer comme autrefois ; j'en fis la remarque. « Comme autrefois ! s'écria-t-il ; ah ! quelle différence ! avais-je donc quelque chose à dire dans ce temps-là ? Il me semble que je n'ai commencé à vivre que depuis deux mois. Ourika, je ne vous dirai jamais ce que j'éprouve pour elle ! Quelquefois je crois sentir que mon âme tout entière va passer dans la sienne. Quand elle me regarde, je ne respire plus ; quand elle rougit, je voudrais me prosterner à ses pieds pour

* Extrait de *Ourika. Édouard. Olivier ou le Secret* (Folio classique n° 4559).

l'adorer. Quand je pense que je vais être le protecteur de cet ange, qu'elle me confie sa vie, sa destinée ; ah ! que je suis glorieux de la mienne ! Que je la rendrai heureuse ! Je serai pour elle le père, la mère qu'elle a perdus : mais je serai aussi son mari, son amant ! Elle me donnera son premier amour ; tout son cœur s'épanchera dans le mien ; nous vivrons de la même vie, et je ne veux pas que, dans le cours de nos longues années, elle puisse dire qu'elle ait passé une heure sans être heureuse. Quelles délices, Ourika, de penser qu'elle sera la mère de mes enfants, qu'ils puiseront la vie dans le sein d'Anaïs ! Ah ! ils seront doux et beaux comme elle ! Qu'ai-je fait, ô Dieu ! pour mériter tant de bonheur ! »

Hélas ! j'adressais en ce moment au ciel une question toute contraire ! Depuis quelques instants, j'écoutais ces paroles passionnées avec un sentiment indéfinissable. Grand Dieu ! vous êtes témoin que j'étais heureuse du bonheur de Charles : mais pourquoi avez-vous donné la vie à la pauvre Ourika ? pourquoi n'est-elle pas morte sur ce bâtiment négrier d'où elle fut arrachée, ou sur le sein de sa mère ? Un peu de sable d'Afrique eût recouvert son corps, et ce fardeau eût été bien léger ! Qu'importait au monde qu'Ourika vécût ? Pourquoi était-elle condamnée à la vie ? C'était donc pour vivre seule, toujours seule, jamais aimée ! Ô mon Dieu, ne le permettez pas ! Retirez de la terre la pauvre Ourika ! Personne n'a besoin d'elle : n'est-elle pas seule dans la vie ?

Cette affreuse pensée me saisit avec plus de violence qu'elle n'avait encore fait. Je me sentis fléchir, je tombai sur les genoux, mes yeux se fermèrent, et je crus que j'allais mourir.

HONORÉ DE BALZAC
Le Lys dans la vallée *

Je suis jalouse ! dit-elle avec un accent d'exaltation qui ressemblait au coup de tonnerre d'un orage qui passe. Hé bien ! monsieur de Mortsauf m'aime autant qu'il peut m'aimer ; tout ce que son cœur enferme d'affection, il le verse à mes pieds, comme la Madeleine a versé le reste de ses parfums aux pieds du Sauveur. Croyez-le ! une vie d'amour est une fatale exception à la loi terrestre ; toute fleur périt, les grandes joies ont un lendemain mauvais, quand elles ont un lendemain. La vie réelle est une vie d'angoisses : son image est dans cette ortie, venue au pied de la terrasse, et qui, sans soleil, demeure verte sur sa tige. Ici, comme dans les patries du nord, il est des sourires dans le ciel, rares il est vrai, mais qui paient bien des peines. Enfin les femmes qui sont exclusivement mères ne s'attachent-elles pas plus par les sacrifices que par les plaisirs ? Ici j'attire sur moi les orages que je vois prêts à fondre sur

* Extrait de *Le Lys dans la vallée* (Folio classique n° 4123).

les gens ou sur mes enfants, et j'éprouve en les détournant je ne sais quel sentiment qui me donne une force secrète. La résignation de la veille a toujours préparé celle du lendemain. Dieu ne me laisse d'ailleurs point sans espoir. Si d'abord la santé de mes enfants m'a désespérée, aujourd'hui plus ils avancent dans la vie, mieux ils se portent. Après tout, notre demeure s'est embellie, la fortune se répare. Qui sait si la vieillesse de monsieur de Mortsauf ne sera pas heureuse par moi ? Croyez-le ! l'être qui se présente devant le Grand Juge, une palme verte à la main lui ramenant consolés ceux qui maudissaient la vie, cet être a converti ses douleurs en délices. Si mes souffrances servent au bonheur de la famille, est-ce bien des souffrances ?

— Oui, lui dis-je, mais elles étaient nécessaires comme le sont les miennes pour me faire apprécier les saveurs du fruit mûri dans nos roches ; maintenant peut-être le goûterons-nous ensemble, peut-être en admirerons-nous les prodiges ? ces torrents d'affection dont il inonde les âmes, cette sève qui ranime les feuilles jaunissantes. La vie ne pèse plus alors, elle n'est plus à nous. Mon Dieu ! ne m'entendez-vous pas ? repris-je en me servant du langage mystique auquel notre éducation religieuse nous avait habitués. Voyez par quelles voies nous avons marché l'un vers l'autre ? quel aimant nous a dirigés sur l'océan des eaux amères, vers la source d'eau douce, coulant au pied des monts sur un sable pailleté, entre deux rives vertes et fleuries ? N'avons-nous pas, comme les Mages, suivi la même étoile ? Nous voici devant la crèche d'où s'éveille un divin enfant qui lancera ses flèches au front des arbres nus, qui nous ranimera le monde par ses cris joyeux, qui par des plaisirs incessants donnera du goût à la vie, rendra aux nuits leur sommeil, aux jours leur allégresse. Qui donc a serré chaque année de nouveaux nœuds entre nous ? Ne sommes-nous pas plus que frère et sœur ? Ne déliez jamais ce que le ciel a réuni. Les souffrances dont vous parlez étaient le grain répandu à flots par la main du Semeur pour faire éclore la moisson déjà dorée par le plus beau des soleils. Voyez ! voyez ! N'irons-nous pas ensemble tout cueillir brin à brin ! Quelle force en moi, pour que j'ose vous parler ainsi ! Répondez-moi donc, ou je ne repasserai pas l'Indre.

— Vous m'avez évité le mot *amour*, dit-elle en m'interrompant d'une voix sévère ; mais vous avez parlé d'un sentiment que j'ignore et qui ne m'est point permis. Vous êtes un enfant, je vous pardonne encore, mais pour la dernière fois. Sachez-le, monsieur, mon cœur est comme enivré de maternité ! Je n'aime monsieur de Mortsauf ni par devoir social, ni par calcul de béatitudes éternelles à gagner ; mais par un irrésistible sentiment qui l'attache à toutes les fibres de mon cœur. Ai-je été violentée à mon mariage ? Il fut décidé par ma sympathie pour les infortunes.

N'était-ce pas aux femmes à réparer les maux du temps, à consoler ceux qui coururent sur la brèche et revinrent blessés ? Que vous dirai-je ? j'ai ressenti je ne sais quel contentement égoïste en voyant que vous l'amusiez : n'est-ce pas la maternité pure ? Ma confession ne vous-a-t-elle donc pas assez montré les *trois* enfants auxquels je ne dois jamais faillir, sur lesquels je dois faire pleuvoir une rosée réparatrice, et faire rayonner mon âme sans en laisser adultérer la moindre parcelle ? N'aigrissez pas le lait d'une mère ! Quoique l'épouse soit invulnérable en moi, ne me parlez donc plus ainsi. Si vous ne respectiez pas cette défense si simple, je vous en préviens, l'entrée de cette maison vous serait à jamais fermée. Je croyais à de pures amitiés, à des fraternités volontaires, plus certaines que ne le sont les fraternités imposées. Erreur ! Je voulais un ami qui ne fût pas un juge, un ami pour m'écouter en ces moments de faiblesse où la voix qui gronde est une voix meurtrière, un ami saint avec qui je n'eusse rien à craindre. La jeunesse est noble, sans mensonges, capable de sacrifices, désintéressée : en voyant votre persistance, j'ai cru, je l'avoue, à quelque dessein du ciel ; j'ai cru que j'aurais une âme qui serait à moi seule comme un prêtre est à tous, un cœur où je pourrais épancher mes douleurs quand elles surabondent, crier quand mes cris sont irrésistibles et m'étoufferaient si je continuais à les dévorer. Ainsi mon existence, si précieuse à ces enfants, aurait pu se prolonger jusqu'au jour où Jacques serait devenu homme. Mais n'est-ce pas être trop égoïste ? La Laure de Pétrarque peut-elle se recommencer ? Je me suis trompée, Dieu ne le veut pas. Il faudra mourir à mon poste, comme le soldat sans ami. Mon confesseur est rude, austère ; et... ma tante n'est plus !

Deux grosses larmes éclairées par un rayon de lune sortirent de ses yeux, roulèrent sur ses joues, en atteignirent le bas ; mais je tendis la main assez à temps pour les recevoir, et les bus avec une avidité pieuse qu'excitèrent ces paroles déjà signées par dix ans de larmes secrètes, de sensibilité dépensée, de soins constants, d'alarmes perpétuelles, l'héroïsme le plus élevé de votre sexe ! Elle me regarda d'un air doucement stupide.

— Voici, lui dis-je, la première, la sainte communion de l'amour. Oui, je viens de participer à vos douleurs, de m'unir à votre âme, comme nous nous unissons au Christ en buvant sa divine substance. Aimer sans espoir est encore un bonheur. Ah ! quelle femme sur la terre pourrait me causer une joie aussi grande que celle d'avoir aspiré ces larmes ! J'accepte ce contrat qui doit se résoudre en souffrances pour moi. Je me donne à vous sans arrière-pensée, et serai ce que vous voudrez que je sois.

Elle m'arrêta par un geste, et me dit de sa voix profonde : — Je consens à ce pacte, si vous voulez ne jamais presser les liens qui nous attacheront.

— Oui, lui dis-je, mais moins vous m'accorderez, plus certainement dois-je posséder.

— Vous commencez par une méfiance, répondit-elle en exprimant la mélancolie du doute.

— Non, mais par une jouissance pure. Écoutez ! je voudrais de vous un nom qui ne fût à personne, comme doit être le sentiment que nous nous vouons.

— C'est beaucoup, dit-elle, mais je suis moins petite que vous ne le croyez. Monsieur de Mortsauf m'appelle Blanche. Une seule personne au monde, celle que j'ai le plus aimée, mon adorable tante, me nommait Henriette. Je redeviendrai donc Henriette pour vous.

Je lui pris la main et la baisai. Elle me l'abandonna dans cette confiance qui rend la femme si supérieure à nous, confiance qui nous accable. Elle s'appuya sur la balustrade en briques et regarda l'Indre.

EMILY BRONTË
Wuthering Heights *

Elle vint se rasseoir près de moi ; l'expression de son visage devint plus triste et plus grave et ses mains serrées se mirent à trembler.

« Nelly, ne t'arrive-t-il jamais de faire d'étranges rêves ? » dit-elle soudain après quelques minutes de réflexion.

« Oui, de temps à autre, répondis-je.

— Moi aussi. J'ai dans ma vie fait des rêves qui sont restés à jamais gravés en moi et ont modifié ma façon de voir. Ils ont envahi tout mon être, comme une goutte de vin dans de l'eau, et altéré la couleur de mes pensées. Et en voici un... Je vais te le raconter... mais prends garde de ne sourire en rien.

— Oh ! non, arrêtez, Miss Catherine ! m'écriai-je. Nous sommes bien assez lugubres sans évoquer des fantômes et des visions qui nous troublent l'esprit. Allons, allons, soyez gaie

* Extrait de *Wuthering Heights* et autres romans (Bibliothèque de la Pléiade).

et fidèle à vous-même ! Voyez le petit Hareton... Il ne fait pas de rêves sinistres, lui. Comme il sourit doucement dans son sommeil !

— Oui, et comme son père jure doucement dans sa solitude ! Je suis sûre que tu te le rappelles quand il était en tout point semblable à ce bébé potelé... Presque aussi jeune et innocent. Pourtant, Nelly, je vais te forcer à écouter... Ce n'est pas long et je ne saurais être gaie ce soir.

— Je refuse d'écouter, je refuse d'écouter ! » répétai-je vivement.

J'avais une crainte irrationnelle des rêves en ce temps-là (je l'ai toujours), et son visage rembruni de manière inhabituelle me faisait redouter quelque chose dont je pourrais tirer une prophétie et prédire une catastrophe effrayante.

Elle fut blessée mais n'alla pas plus loin. Abordant apparemment un autre sujet, elle ne tarda pas à recommencer.

« Si j'étais au paradis, Nelly, je serais extrêmement malheureuse.

— Parce que vous n'êtes pas digne d'y aller, répondis-je. Tous les pécheurs seraient malheureux au paradis.

— Mais ce n'est pas pour cette raison. Un jour, j'ai rêvé que j'y étais.

— Je vous dis que je refuse d'écouter vos rêves, Miss Catherine ! Je vais me coucher », dis-je, l'interrompant une nouvelle fois.

Elle se mit à rire et m'empêcha de quitter ma

chaise, car j'avais esquissé un mouvement pour me lever.

« Ce n'est rien, s'écria-t-elle. J'allais simplement dire que le paradis n'avait pas l'air d'un séjour fait pour moi et que j'eus le cœur brisé à force de pleurer pour revenir sur terre. Et les anges furent si furieux qu'ils me chassèrent et me précipitèrent au beau milieu de la lande au-dessus de Wuthering Heights, où je me réveillai, sanglotant de joie. Ce rêve-là fera l'affaire pour t'expliquer mon secret aussi bien que l'autre. Je n'ai pas plus le droit d'épouser Edgar Linton que d'être au paradis. Et si ce méchant homme, là dans sa chambre, n'avait pas à ce point abaissé Heathcliff, jamais je n'y aurais pensé. Aujourd'hui, épouser Heathcliff m'avilirait ; aussi ne saura-t-il jamais combien je l'aime ; et cela non parce qu'il est beau, Nelly, mais parce qu'il est davantage moi-même que je ne le suis. De quoi que soient faites les âmes, les nôtres sont identiques, alors que celle de Linton est aussi différente de la mienne que le rayon de lune l'est de l'éclair, ou le gel du feu. »

Avant la fin de ce discours, je m'étais rendu compte de la présence de Heathcliff. Ayant surpris un léger mouvement, je tournai la tête et le vis se lever du banc et sortir furtivement sans bruit. Il avait écouté jusqu'au moment où Catherine avait déclaré que l'épouser l'avilirait, et il n'était pas resté en entendre davantage.

Assise par terre, ma compagne avait été empêchée par le dossier de la banquette de remarquer sa présence ou son départ. Mais je sursautai et la priai de se taire !

« Pourquoi ? » demanda-t-elle en jetant des regards inquiets à la ronde.

« Voilà Joseph », répondis-je, percevant opportunément le roulement des roues de la charrette qui montait la route, « et Heathcliff va revenir avec lui. Je me demande s'il n'était pas près de la porte à l'instant.

— Oh ! il n'aurait pas pu entendre ce que je disais depuis la porte ! dit-elle. Donne-moi Hareton pendant que tu prépares le repas et, quand ce sera prêt, invite-moi à le partager avec vous. J'ai besoin de tromper ma conscience inquiète et de me convaincre que Heathcliff n'a pas la moindre idée de tout cela... Il n'en a pas la moindre idée, dis ? Il ne sait pas ce que c'est que d'être amoureux.

— Je ne vois pas pourquoi il ne le saurait pas aussi bien que vous, rétorquai-je, et si c'est vous qu'il a choisie, ce sera le plus malheureux des hommes qui vît jamais le jour ! Dès l'instant où vous deviendrez Mrs. Linton, il perdra son amie, celle qu'il aime, tout ! Avez-vous pensé à la façon dont vous supporterez cette séparation et comment il supportera, lui, d'être totalement abandonné ? Parce que, Miss Catherine...

— Totalement abandonné, lui ! Séparés, nous ! » s'exclama-t-elle sur un ton indigné. « Dis-moi un peu qui nous séparera ? Ils connaîtront le sort de Milon ! Jamais tant que je vivrai, Ellen... pour personne au monde. Tous les Linton de la terre pourraient se fondre dans le néant avant que je consente à abandonner Heathcliff. Oh ! ce n'est pas ce que j'ai l'intention de faire... ce n'est pas ce que je veux dire ! Je n'accepterais pas de devenir Mrs. Linton si c'était là le prix qu'on exigeait de moi ! Il continuera de compter autant pour moi qu'il a compté chaque jour de son existence. Edgar devra se départir de son aversion et le supporter, c'est le minimum. Il acceptera quand il saura quels sont les véritables sentiments que j'éprouve à son égard. À présent je vois, Nelly... tu penses que je suis une misérable égoïste, mais l'idée ne t'est-elle donc jamais venue que, si Heathcliff m'épousait, nous serions réduits à la mendicité ? Alors que si j'épouse Linton, je peux aider Heathcliff à s'élever et l'arracher à l'empire de mon frère.

— Avec l'argent de votre mari, Miss Catherine ? demandai-je. Vous ne le trouverez pas aussi souple que vous l'escomptez et, bien que ce ne soit guère à moi d'en juger, je pense que c'est la plus mauvaise raison que vous ayez donnée d'épouser le jeune Linton.

— Absolument pas, rétorqua-t-elle, c'est la meilleure ! Les autres n'étaient que la satisfaction de mes caprices, et visaient l'intérêt d'Edgar, pour le satisfaire. Cette fois, c'est pour quelqu'un qui inclut dans son être les sentiments que j'éprouve pour Edgar et moi même. Je ne peux l'exprimer, mais tu as assurément, comme tout le monde, le sentiment que nous avons ou devrions avoir une existence au-delà de notre moi. À quoi servirait-il de m'avoir créée si j'étais tout entière contenue dans ce corps ? Mes grands malheurs sur cette terre ont été les malheurs de Heathcliff, que j'ai tous vus et dont j'ai souffert depuis le début. Ma grande pensée dans la vie, c'est lui. Si tout était anéanti et si rien d'autre que lui ne demeurait, je continuerais d'exister. Et si tout le reste demeurait et s'il était anéanti, l'univers me deviendrait une immensité inconnue. Je ne semblerais pas en faire partie. Mon amour pour Linton est comme le feuillage des bois. Il changera avec le temps, j'en suis bien consciente, comme les arbres avec l'hiver... Mon amour pour Heathcliff ressemble aux roches éternelles sous la terre... Elles ne sont guère la source de jouissance visible, mais elles sont nécessaires. Nelly, je *suis* Heathcliff... Il est constamment présent dans mes pensées, constamment... Non comme un plaisir, pas plus que je ne suis toujours un plaisir à moi-même... Mais comme mon propre être... Alors ne parle pas à nouveau de notre séparation... Elle est irréalisable, et... »

Elle s'arrêta et enfouit son visage dans les plis de ma robe que je dégageai énergiquement. J'étais excédée par ses divagations !

« Miss, si je peux trouver le moindre sens à vos propos qui n'en ont pas, dis-je, cela ne fait que me convaincre que vous êtes ignorante des devoirs que vous assumez en vous mariant; autrement, vous êtes une misérable, dépourvue de principes. Mais ne m'ennuyez plus avec d'autres secrets. Je ne promets pas de les garder.

— Mais tu garderas celui-ci? demanda-t-elle avec passion.

— Non, je ne promets rien », répétai-je.

Elle allait insister quand l'arrivée de Joseph mit fin à notre conversation; Catherine emporta son siège à l'écart et s'occupa de Hareton tandis que je préparais le repas.

EDMOND ROSTAND
Cyrano de Bergerac *

ROXANE, CHRISTIAN, CYRANO,
d'abord caché sous le balcon.

ROXANE, *entr'ouvrant sa fenêtre.*
Qui donc m'appelle ?

CHRISTIAN
Moi.

ROXANE
Qui, moi ?

CHRISTIAN
Christian.

ROXANE, *avec dédain.*
C'est vous ?

---

* Extrait de *Cyrano de Bergerac*, Acte III, scène VII (Folio classique n° 3246).

CHRISTIAN

Je voudrais vous parler.

CYRANO, *sous le balcon,*
à Christian.

Bien. Bien. Presque à voix basse.

ROXANE

Non ! Vous parlez trop mal. Allez-vous-en !

CHRISTIAN

De grâce !...

ROXANE

Non ! Vous ne m'aimez plus !

CHRISTIAN, *à qui Cyrano*
souffle ses mots.

M'accuser, — justes dieux ! —
De n'aimer plus... quand... j'aime plus !

ROXANE, *qui allait refermer sa fenêtre,*
s'arrêtant.

Tiens ! mais c'est mieux !

CHRISTIAN, *même jeu.*

L'amour grandit bercé dans mon âme inquiète...
Que ce... cruel marmot prit pour... barcelon-
nette !

ROXANE, *s'avançant sur le balcon.*

C'est mieux ! — Mais, puisqu'il est cruel, vous fûtes sot
De ne pas, cet amour, l'étouffer au berceau !

CHRISTIAN, *même jeu.*

Aussi l'ai-je tenté, mais... tentative nulle :
Ce... nouveau-né, Madame, est un petit... Hercule.

ROXANE

C'est mieux !

CHRISTIAN, *même jeu.*

De sorte qu'il... strangula comme rien...
Les deux serpents... Orgueil et... Doute.

ROXANE, *s'accoudant au balcon.*

Ah ! c'est très bien.
— Mais pourquoi parlez-vous de façon peu hâtive ?
Auriez-vous donc la goutte à l'imaginative ?

CYRANO, *tirant Christian sous le balcon,
et se glissant à sa place.*

Chut ! Cela devient trop difficile !...

ROXANE

Aujourd'hui...
Vos mots sont hésitants. Pourquoi ?

CYRANO, *parlant à mi-voix,*
comme Christian.

C'est qu'il fait nuit,
Dans cette ombre, à tâtons, ils cherchent votre oreille.

ROXANE

Les miens n'éprouvent pas difficulté pareille.

CYRANO

Ils trouvent tout de suite ? oh ! cela va de soi,
Puisque c'est dans mon cœur, eux, que je les reçoi ;
Or, moi, j'ai le cœur grand, vous, l'oreille petite.
D'ailleurs vos mots à vous, descendent : ils vont vite.
Les miens montent, Madame : il leur faut plus de temps !

ROXANE

Mais ils montent bien mieux depuis quelques instants.

CYRANO

De cette gymnastique, ils ont pris l'habitude !

ROXANE

Je vous parle, en effet, d'une vraie altitude !

CYRANO

Certe, et vous me tueriez si de cette hauteur
Vous me laissiez tomber un mot dur sur le cœur !

ROXANE, *avec un mouvement.*

Je descends.

CYRANO, *vivement.*

Non !

ROXANE, *lui montrant le banc
qui est sous le balcon.*

Grimpez sur le banc, alors, vite !

CYRANO, *reculant avec effroi
dans la nuit.*

Non !

ROXANE

Comment... non ?

CYRANO, *que l'émotion gagne
de plus en plus.*

Laissez un peu que l'on profite...
De cette occasion qui s'offre... de pouvoir
Se parler doucement, sans se voir.

ROXANE

Sans se voir ?

CYRANO

Mais oui, c'est adorable. On se devine à peine.
Vous voyez la noirceur d'un long manteau qui traîne,
J'aperçois la blancheur d'une robe d'été :
Moi je ne suis qu'une ombre, et vous qu'une clarté !
Vous ignorez pour moi ce que sont ces minutes !
Si quelquefois je fus éloquent...

ROXANE

      Vous le fûtes !

CYRANO

Mon langage jamais jusqu'ici n'est sorti
De mon vrai cœur...

ROXANE

  Pourquoi ?

CYRANO

     Parce que... jusqu'ici
Je parlais à travers...

ROXANE

  Quoi ?

CYRANO

    ... le vertige où tremble

Quiconque est sous vos yeux !... Mais, ce soir, il me semble...
Que je vais vous parler pour la première fois !

ROXANE

C'est vrai que vous avez une tout autre voix.

CYRANO, *se rapprochant avec fièvre.*

Oui, tout autre, car dans la nuit qui me protège
J'ose être enfin moi-même, et j'ose...

Il s'arrête et avec égarement.

Où en étais-je ?
Je ne sais... tout ceci, — pardonnez mon émoi, —
C'est si délicieux,... c'est si nouveau pour moi !

ROXANE

Si nouveau ?

CYRANO, *bouleversé, et essayant toujours de rattraper ses mots.*

Si nouveau... mais oui... d'être sincère :
La peur d'être raillé, toujours au cœur me serre...

ROXANE

Raillé de quoi ?

CYRANO

Mais de... d'un élan !... Oui, mon cœur,
Toujours, de mon esprit s'habille, par pudeur :

Je pars pour décrocher l'étoile, et je m'arrête
Par peur du ridicule, à cueillir la fleurette !

ROXANE

La fleurette a du bon.

CYRANO

                Ce soir, dédaignons-la !

ROXANE

Vous ne m'aviez jamais parlé comme cela !

CYRANO

Ah ! si loin des carquois, des torches et des flèches,
On se sauvait un peu vers des choses... plus fraîches !
Au lieu de boire goutte à goutte, en un mignon
Dé à coudre d'or fin, l'eau fade du Lignon,
Si l'on tentait de voir comment l'âme s'abreuve
En buvant largement à même le grand fleuve !

ROXANE

Mais l'esprit ?...

CYRANO

                J'en ai fait pour vous faire rester
D'abord, mais maintenant ce serait insulter
Cette nuit, ces parfums, cette heure, la Nature,
Que de parler comme un billet doux de Voiture !
— Laissons, d'un seul regard de ses astres, le ciel

Nous désarmer de tout notre artificiel :
Je crains tant que parmi notre alchimie exquise
Le vrai du sentiment ne se volatilise,
Que l'âme ne se vide à ces passe-temps vains,
Et que le fin du fin ne soit la fin des fins !

ROXANE

Mais l'esprit ?...

CYRANO

    Je le hais dans l'amour ! C'est un crime
Lorsqu'on aime de trop prolonger cette escrime !
Le moment vient d'ailleurs inévitablement,
— Et je plains ceux pour qui ne vient pas ce moment ! —
Où nous sentons qu'en nous un amour noble existe
Que chaque joli mot que nous disons rend triste !

ROXANE

Eh bien ! si ce moment est venu pour nous deux,
Quels mots me direz-vous ?

CYRANO

        Tous ceux, tous ceux, tous ceux
Qui me viendront, je vais vous les jeter, en touffe,
Sans les mettre en bouquet : je vous aime, j'étouffe,
Je t'aime, je suis fou, je n'en peux plus, c'est trop ;

Ton nom est dans mon cœur comme dans un grelot,
Et comme tout le temps, Roxane, je frissonne,
Tout le temps, le grelot s'agite, et le nom sonne !
De toi, je me souviens de tout, j'ai tout aimé :
Je sais que l'an dernier, un jour, le douze mai,
Pour sortir le matin tu changeas de coiffure !
J'ai tellement pris pour clarté ta chevelure
Que comme lorsqu'on a trop fixé le soleil,
On voit sur toute chose ensuite un rond vermeil,
Sur tout, quand j'ai quitté les feux dont tu m'inondes,
Mon regard ébloui pose des taches blondes !

ROXANE, *d'une voix troublée.*

Oui, c'est bien de l'amour...

CYRANO

Certes, ce sentiment
Qui m'envahit, terrible et jaloux, c'est vraiment
De l'amour, il en a toute la fureur triste !
De l'amour, — et pourtant il n'est pas égoïste !
Ah ! que pour ton bonheur je donnerais le mien,
Quand même tu devrais n'en savoir jamais rien,
S'il se pouvait, parfois, que de loin, j'entendisse
Rire un peu le bonheur né de mon sacrifice !
— Chaque regard de toi suscite une vertu
Nouvelle, une vaillance en moi ! Commences-tu
À comprendre, à présent ? voyons, te rends-tu compte ?

Sens-tu mon âme, un peu, dans cette ombre, qui monte ?...
Oh ! mais vraiment, ce soir, c'est trop beau, c'est trop doux !
Je vous dis tout cela, vous m'écoutez, moi, vous !
C'est trop ! Dans mon espoir même le moins modeste,
Je n'ai jamais espéré tant ! Il ne me reste
Qu'à mourir maintenant ! C'est à cause des mots
Que je dis qu'elle tremble entre les bleus rameaux !
Car vous tremblez, comme une feuille entre les feuilles !
Car tu trembles ! car j'ai senti, que tu le veuilles
Ou non, le tremblement adoré de ta main
Descendre tout le long des branches du jasmin !

*Il baise éperdument l'extrémité
d'une branche pendante.*

ROXANE

Oui, je tremble, et je pleure, et je t'aime, et suis tienne !
Et tu m'as enivrée !

CYRANO

Alors, que la mort vienne !
Cette ivresse, c'est moi, moi, qui l'ai su causer !
Je ne demande plus qu'une chose...

CHRISTIAN, *sous le balcon.*

> Un baiser !

ROXANE, *se rejetant en arrière.*

Hein ?

CYRANO

Oh !

ROXANE

Vous demandez ?

CYRANO

Oui... je...

À Christian, bas.

Tu vas trop vite.

CHRISTIAN

Puisqu'elle est si troublée, il faut que j'en profite !

CYRANO, *à Roxane.*

Oui, je... j'ai demandé, c'est vrai... mais justes cieux !
Je comprends que je fus bien trop audacieux.

ROXANE, *un peu déçue.*

Vous n'insistez pas plus que cela ?

CYRANO

Si ! j'insiste...
Sans insister !... Oui, oui ! votre pudeur s'attriste !
Eh bien ! mais, ce baiser... ne me l'accordez pas !

CHRISTIAN, *à Cyrano, le tirant
par son manteau.*

Pourquoi ?

CYRANO

Tais-toi, Christian !

ROXANE, *se penchant.*

Que dites-vous tout bas ?

CYRANO

Mais d'être allé trop loin, moi-même je me gronde ;
Je me disais : tais-toi, Christian !...

Les théorbes se mettent à jouer.

Une seconde !...
On vient !

Roxane referme la fenêtre. Cyrano écoute les théorbes, dont l'un joue un air folâtre et l'autre un air lugubre.

Air triste ? Air gai ?... Quel est donc leur dessein ?

Est-ce un homme ? Une femme ? — Ah ! c'est un capucin !

> *Entre un capucin qui va de maison en maison, une lanterne à la main, regardant les portes.*

JEAN TARDIEU
Finissez vos phrases!
ou
Une heureuse rencontre *

Comédie

PERSONNAGES

MONSIEUR A, *quelconque. Ni vieux, ni jeune.*
MADAME B, *même genre.*

Monsieur A et Madame B, personnages quelconques, mais pleins d'élan (comme s'ils étaient toujours sur le point de dire quelque chose d'explicite) se rencontrent dans une rue quelconque, devant la terrasse d'un café.

MONSIEUR A, *avec chaleur.*

Oh! Chère amie. Quelle chance de vous...

MADAME B, *ravie.*

Très heureuse, moi aussi. Très heureuse de... vraiment oui!

---

* Extrait de *Le Professeur Froeppel* (L'Imaginaire n° 478).

MONSIEUR A

Comment allez-vous, depuis que ?...

MADAME B, *très naturelle.*

Depuis que ? Eh ! bien ! J'ai continué, vous savez, j'ai continué à...

MONSIEUR A

Comme c'est !... Enfin, oui vraiment, je trouve que c'est...

MADAME B, *modeste.*

Oh, n'exagérons rien ! C'est seulement, c'est uniquement... Je veux dire : ce n'est pas tellement, tellement...

MONSIEUR A, *intrigué, mais sceptique.*

Pas tellement, pas tellement, vous croyez ?

MADAME B, *restrictive.*

Du moins je le... je, je, je... Enfin !...

MONSIEUR A, *avec admiration.*

Oui, je comprends : vous êtes trop, vous avez trop de...

MADAME B, *toujours modeste,
mais flattée.*

Mais non, mais non : plutôt pas assez...

MONSIEUR A, *réconfortant.*

Taisez-vous donc ! Vous n'allez pas nous... ?

MADAME B, *riant franchement.*

Non ! Non ! Je n'irai pas jusque-là !

> *Un temps très long. Ils se regardent l'un l'autre en souriant.*

MONSIEUR A

Mais, au fait ! Puis-je vous demander où vous... ?

MADAME B, *très précise et décidée.*

Mais pas de ! Non, non, rien, rien. Je vais jusqu'au, pour aller chercher mon. Puis je reviens à la.

MONSIEUR A, *engageant et galant,*
offrant son bras.

Me permettez-vous de... ?

MADAME B

Mais, bien entendu ! Nous ferons ensemble un bout de.

MONSIEUR A

Parfait, parfait ! Alors, je vous en prie. Veuillez

passer par ! Je vous suis. Mais, à cette heure-ci, attention à, attention aux !

>MADAME B, *acceptant son bras,*
>*soudain volubile.*

Vous avez bien raison. C'est pourquoi je suis toujours très. Je pense encore à mon pauvre. Il allait, comme ça, sans, — ou plutôt avec. Et tout à coup, voilà que ! Ah la la ! Brusquement ! Parfaitement. C'est comme ça que. Oh ! J'y pense, j'y pense ! Lui qui ! Avoir eu tant de ! Et voilà que plus ! Et moi je, moi je, moi je !

>MONSIEUR A

Pauvre chère ! Pauvre lui ! Pauvre vous !

>MADAME B, *soupirant.*

Hélas oui ! Voilà le mot ! C'est cela !

>*Une voiture passe vivement, en klaxonnant.*

>MONSIEUR A, *tirant vivement Madame B*
>*en arrière.*

Attention ! Voilà une !

>*Autre voiture, en sens inverse. Klaxon.*

>MADAME B

En voilà une autre !

MONSIEUR A

Que de ! Que de ! Ici pourtant ! On dirait que !

MADAME B

Eh ! Bien ! Quelle chance ! Sans vous, aujourd'hui, je !

MONSIEUR A

Vous êtes trop ! Vous êtes vraiment trop !

> *Soudain changeant de ton. Presque confidentiel.*

Mais si vous n'êtes pas, si vous n'avez pas, ou plutôt : si, vous avez, puis-je vous offrir un ?

MADAME B

Volontiers. Ça sera comme une ! Comme de nouveau si...

MONSIEUR A, *achevant.*

Pour ainsi dire. Oui. Tenez, voici justement un. Asseyons-nous !

> *Ils s'assoient à la terrasse du café.*

Tenez, prenez cette... Êtes-vous bien ?

MADAME B

Très bien, merci, je vous.

MONSIEUR A, *appelant*.

Garçon!

LE GARÇON, *s'approchant*.

Ce sera?

MONSIEUR A, *à Madame B*.

Que désirez-vous, chère...?

MADAME B, *désignant une affiche d'apéritif*.

Là... là : la même chose que... En tout cas, mêmes couleurs que.

LE GARÇON

Bon, compris! Et pour Monsieur?

MONSIEUR A

Non, pour moi, plutôt la moitié d'un! Vous savez!

LE GARÇON

Oui. Un demi! D'accord! Tout de suite. Je vous.

Exit le garçon. Un silence.

MONSIEUR A, *sur le ton de l'intimité*.

Chère! Si vous saviez comme, depuis longtemps!

MADAME B, *touchée*.

Vraiment ? Serait-ce depuis que ?

MONSIEUR A, *étonné*.

Oui ! Justement ! Depuis que ! Mais comment pouviez-vous ?

MADAME B, *tendrement*.

Oh ! Vous savez ! Je devine que. Surtout quand.

MONSIEUR A, *pressant*.

Quand quoi ?

MADAME B, *péremptoire*.

Quand quoi ? Eh bien, mais : quand quand.

MONSIEUR A, *jouant l'incrédule, mais satisfait*.

Est-ce possible ?

MADAME B

Lorsque vous me mieux, vous saurez que je toujours là.

MONSIEUR A

Je vous crois, chère !... (*Après une hésitation, dans un grand élan.*) Je vous crois, parce que je vous !

MADAME B, *jouant l'incrédule.*

Oh! Vous allez me faire? Vous êtes un grand!...

MONSIEUR A, *laissant libre cours
à ses sentiments.*

Non! Non! C'est vrai! Je ne puis plus me! Il y a trop longtemps que! Ah! si vous saviez! C'est comme si je! C'est comme si toujours je! Enfin, aujourd'hui, voici que, que vous, que moi, que nous!

MADAME B, *émue.*

Ne pas si fort! Grand, Grand! On pourrait nous!

MONSIEUR A

Tant pis pour! Je veux que chacun, je veux que tous! Tout le monde, oui!

MADAME B, *engageante,
avec un doux reproche.*

Mais non, pas tout le monde : seulement nous deux!

MONSIEUR A, *avec un petit rire heureux
et apaisé.*

C'est vrai? Nous deux! Comme c'est! Quel! Quel!

MADAME B, *faisant chorus avec lui.*

Tel quel ! Tel quel !

MONSIEUR A

Nous deux, oui oui, mais vous seule, vous seule !

MADAME B

Non non : moi vous, vous moi !

LE GARÇON, *apportant les consommations.*

Boum ! Voilà ! Pour Madame !... Pour Monsieur !

MONSIEUR A

Merci... Combien je vous ?

LE GARÇON

Mais c'est écrit sur le, sur le...

MONSIEUR A

C'est vrai. Voyons !... Bon, bien ! Mais je n'ai pas de... Tenez voici un, vous me rendrez de la.

LE GARÇON

Je vais vous en faire. Minute !

Exit le garçon.

MONSIEUR A, *très amoureux*.

Chère, chère. Puis-je vous : chérie ?

MADAME B

Si tu...

MONSIEUR A, *avec emphase*.

Oh ! le « si tu » ! Ce « si tu » ! Mais, si tu quoi ?

MADAME B, *dans un chuchotement rieur*.

Si tu, chéri !

MONSIEUR A, *avec un emportement juvénile*.

Mais alors ! N'attendons pas ma ! Partons sans ! Allons à ! Allons au !

MADAME B, *le calmant d'un geste tendre*.

Voyons, chéri ! Soyez moins ! Soyez plus !

LE GARÇON, *revenant et tendant la monnaie*.

Voici votre !... Et cinq et quinze qui font un !

MONSIEUR A

Merci. Tenez ! Pour vous !

LE GARÇON

Merci.

MONSIEUR A, *lyrique,*
perdant son sang-froid.

Chérie, maintenant que ! Maintenant que jamais ici plus qu'ailleurs n'importe comment parce que si plus tard, bien qu'aujourd'hui c'est-à-dire, en vous, en nous... *(s'interrompant soudain, sur un ton de sous-entendu galant),* voulez-vous que par ici ?

MADAME B, *consentante,*
mais baissant les yeux pudiquement.

Si cela vous, moi aussi.

MONSIEUR A

Oh ! ma ! Oh ma ! Oh ma, ma !

MADAME B

Je vous ! À moi vous ! *(Un temps, puis, dans un souffle.)* À moi tu !

Ils sortent.

RIDEAU

« Tu es celle que j'aime »

OVIDE	*Pâris à Hélène*	9
JULIETTE DROUET	*« Mon grand petit homme... »*	25
MADELEINE DE SCUDÉRY	*Clélie, histoire romaine*	32
THÉOPHILE GAUTIER	*Le Roman de la momie*	35
WILLIAM SHAKESPEARE	*« Entre mon cœur et mes yeux une alliance... »*	41
PAUL VERLAINE	*« J'ai presque peur, en vérité... »*	43
ARAGON	*Cantique des Cantiques*	45

« La passion qu'elle lui cachait »

PIERRE CORNEILLE	*Le Cid*	57
MADAME DE LAFAYETTE	*La Princesse de Clèves*	61
MADAME DE DURAS	*Ourika*	71
HONORÉ DE BALZAC	*Le Lys dans la vallée*	74

EMILY BRONTË	*Wuthering Heights*	80
EDMOND ROSTAND	*Cyrano de Bergerac*	87
JEAN TARDIEU	*Finissez vos phrases! ou Une heureuse rencontre*	101

Copyrights

ARAGON *Cantique des Cantiques*
Extrait de *Le Fou d'Elsa* (Poésie Gallimard)
© Éditions Gallimard, 1963.
HONORÉ DE BALZAC *Le Lys dans la vallée*
(Folio classique n° 4123)
© Éditions Gallimard, 1972 et 2004.
EMILY BRONTË *Wuthering Heights*
Extrait de *Wuthering Heights et autres romans*
(Bibliothèque de la Pléiade)
© Éditions Gallimard, 2002.
PIERRE CORNEILLE *Le Cid,* III, 3
(Folio classique n° 3220)
© Éditions Gallimard, 1993.
JULIETTE DROUET *« Mon grand petit homme »*
Extrait de *Mille et une lettres d'amour à Victor Hugo*
(L'Imaginaire n° 457)
© Éditions Gallimard, 1951.
MADAME DE DURAS *Ourika. Édouard. Olivier ou le Secret*
(Folio classique n° 4559)
© Éditions Gallimard, 2007.
THÉOPHILE GAUTIER *Le Roman de la momie*
(Folio classique n° 1718)
© Éditions Gallimard, 1986.
MADAME DE LAFAYETTE *La Princesse de Clèves*
(Folio classique n° 778)
© Éditions Gallimard, 1972.
OVIDE *Pâris à Hélène*
Extrait de *Lettres d'amour. Les Héroïdes*
(Folio classique n° 3281)
© Éditions Gallimard, 1999.
EDMOND ROSTAND *Cyrano de Bergerac,* III, 7
(Folio classique n° 3246)
© Éditions Gallimard, 1983, 1999.
MADELEINE DE SCUDÉRY *Clélie, histoire romaine*
(Folio classique n° 4337)
© Éditions Gallimard, 2006.
WILLIAM SHAKESPEARE *Sonnet 47*
Extrait de *Les Sonnets* (Poésie Gallimard)
© Éditions Gallimard, 2007.
JEAN TARDIEU *Finissez vos phrases ou Une heureuse rencontre*
Extrait de *Le Professeur Froeppel* (L'Imaginaire n° 478)
© Éditions Gallimard, 1978.
PAUL VERLAINE *J'ai presque peur en vérité*
Extrait de *La Bonne Chanson* (Poésie Gallimard).

DÉCOUVREZ LES FOLIO 2 €

Parutions de janvier 2009

Julian BARNES — *À jamais* et autres nouvelles
Trois nouvelles savoureuses et pleines d'humour du plus francophile des écrivains britanniques.

John CHEEVER — *Une Américaine instruite* précédé de *Adieu, mon frère*
John Cheever pénètre dans les maisons de la *middle class* américaine pour y dérober les secrets inavouables et nous les dévoile pour notre plus grand bonheur de lecture.

COLLECTIF — *« Que je vous aime, que je t'aime ! » Les plus belles déclarations d'amour*
Vous l'aimez. Elle est tout pour vous – il est le Prince charmant, mais vous ne savez pas comment le lui dire ? Ce petit livre est pour vous !

André GIDE — *Souvenirs de la cour d'assises*
Dans ce texte dense et grave, Gide s'interroge sur la justice et son fonctionnement, mais surtout insiste sur la fragile barrière qui sépare les criminels des honnêtes gens.

Jean GIONO — *Notes sur l'affaire Dominici* suivi de *Essai sur le caractère des personnages*
Dans ce témoignage pris sur le vif d'une justice qui tâtonne, Giono soulève des questions auxquelles personne, à ce jour, n'a encore répondu…

Jean de LA FONTAINE — *Comment l'esprit vient aux filles et autres contes libertins*
Hardis et savoureux, les *Contes* de La Fontaine nous offrent une subtile leçon d'érotisme où style et galanterie s'unissent pour notre plus grand plaisir…

J. M. G. LE CLÉZIO — *L'échappé* suivi de *La grande vie*
Deux magnifiques nouvelles d'une grande humanité pour découvrir l'univers de J. M. G. Le Clézio, prix Nobel de littérature 2008.

Yukio MISHIMA — *Papillon* suivi de *La lionne*
Dans ces deux nouvelles sobres et émouvantes, le grand romancier japonais explore différentes facettes de l'amour et de ses tourments.

John STEINBECK — *Le meurtre* et autres nouvelles
Dans un monde d'hommes, rude et impitoyable, quatre portraits de femmes fortes par l'auteur des *Raisins de la colère*.

VOLTAIRE — *L'Affaire du chevalier de La Barre* précédé de *L'Affaire Lally*
Directement mis en cause dans l'affaire du chevalier de La Barre, Voltaire s'insurge et utilise sa meilleure arme pour dénoncer l'injustice : sa plume.

Dans la même collection

R. AKUTAGAWA — *Rashômon* et autres contes (Folio n° 3931)

AMARU — *La Centurie. Poèmes amoureux de l'Inde ancienne* (Folio n° 4549)

P. AMINE — *Petit éloge de la colère* (Folio n° 4786)

M. AMIS — *L'état de l'Angleterre* précédé de *Nouvelle carrière* (Folio n° 3865)

H. C. ANDERSEN — *L'elfe de la rose* et autres contes du jardin (Folio n° 4192)

ANONYME — *Ma'rûf le savetier* (Folio n° 4317)

ANONYME — *Le poisson de jade et l'épingle au phénix* (Folio n° 3961)

ANONYME — *Saga de Gísli Súrsson* (Folio n° 4098)

G. APOLLINAIRE — *Les Exploits d'un jeune don Juan* (Folio n° 3757)

ARAGON — *Le collaborateur* et autres nouvelles (Folio n° 3618)

I. ASIMOV — *Mortelle est la nuit* précédé de *Chante-cloche* (Folio n° 4039)

S. AUDEGUY — *Petit éloge de la douceur* (Folio n° 4618)

AUGUSTIN (SAINT)	*La Création du monde et le Temps* suivi de *Le Ciel et la Terre* (Folio n° 4322)
J. AUSTEN	*Lady Susan* (Folio n° 4396)
H. DE BALZAC	*L'Auberge rouge* (Folio n° 4106)
H. DE BALZAC	*Les dangers de l'inconduite* (Folio n° 4441)
É. BARILLÉ	*Petit éloge du sensible* (Folio n° 4787)
T. BENACQUISTA	*La boîte noire* et autres nouvelles (Folio n° 3619)
K. BLIXEN	*L'éternelle histoire* (Folio n° 3692)
BOILEAU-NARCEJAC	*Au bois dormant* (Folio n° 4387)
M. BOULGAKOV	*Endiablade* (Folio n° 3962)
R. BRADBURY	*Meurtres en douceur* et autres nouvelles (Folio n° 4143)
L. BROWN	*92 jours* (Folio n° 3866)
S. BRUSSOLO	*Trajets et itinéraires de l'oubli* (Folio n° 3786)
J. M. CAIN	*Faux en écritures* (Folio n° 3787)
MADAME CAMPAN	*Mémoires sur la vie privée de Marie-Antoinette* (Folio n° 4519)
A. CAMUS	*Jonas ou l'artiste au travail* suivi de *La pierre qui pousse* (Folio n° 3788)
A. CAMUS	*L'été* (Folio n° 4388)
T. CAPOTE	*Cercueils sur mesure* (Folio n° 3621)
T. CAPOTE	*Monsieur Maléfique* et autres nouvelles (Folio n° 4099)
A. CARPENTIER	*Les élus* et autres nouvelles (Folio n° 3963)
C. CASTANEDA	*Stopper-le-monde* (Folio n° 4144)
M. DE CERVANTÈS	*La petite gitane* (Folio n° 4273)
R. CHANDLER	*Un mordu* (Folio n° 3926)

G. K. CHESTERTON	*Trois enquêtes du Père Brown* (Folio n° 4275)
E. M. CIORAN	*Ébauches de vertige* (Folio n° 4100)
COLLECTIF	*Au bonheur de lire* (Folio n° 4040)
COLLECTIF	*« Dansons autour du chaudron »* (Folio n° 4274)
COLLECTIF	*Des mots à la bouche* (Folio n° 3927)
COLLECTIF	*« Il pleut des étoiles »* (Folio n° 3864)
COLLECTIF	*« Leurs yeux se rencontrèrent... »* (Folio n° 3785)
COLLECTIF	*« Ma chère Maman... »* (Folio n° 3701)
COLLECTIF	*« Mon cher Papa... »* (Folio n° 4550)
COLLECTIF	*« Mourir pour toi »* (Folio n° 4191)
COLLECTIF	*« Parce que c'était lui ; parce que c'était moi »* (Folio n° 4097)
COLLECTIF	*Sur le zinc* (Folio n° 4781)
COLLECTIF	*Un ange passe* (Folio n° 3964)
COLLECTIF	*1, 2, 3... bonheur !* (Folio n° 4442)
CONFUCIUS	*Les Entretiens* (Folio n° 4145)
J. CONRAD	*Jeunesse* (Folio n° 3743)
J. CONRAD	*Le retour* (Folio n° 4737)
B. CONSTANT	*Le Cahier rouge* (Folio n° 4639)
J. CORTÁZAR	*L'homme à l'affût* (Folio n° 3693)
J. CRUMLEY	*Tout le monde peut écrire une chanson triste* et autres nouvelles (Folio n° 4443)
D. DAENINCKX	*Ceinture rouge* précédé de *Corvée de bois* (Folio n° 4146)
D. DAENINCKX	*Leurre de vérité* et autres nouvelles (Folio n° 3632)

D. DAENINCKX	*Petit éloge des faits divers* (Folio n° 4788)
R. DAHL	*Gelée royale* précédé de *William et Mary* (Folio n° 4041)
R. DAHL	*L'invité* (Folio n° 3694)
R. DAHL	*Le chien de Claude* (Folio n° 4738)
S. DALI	*Les moustaches radar (1955-1960)* (Folio n° 4101)
M. DÉON	*Une affiche bleue et blanche* et autres nouvelles (Folio n° 3754)
R. DEPESTRE	*L'œillet ensorcelé* et autres nouvelles (Folio n° 4318)
R. DETAMBEL	*Petit éloge de la peau* (Folio n° 4482)
P. K. DICK	*Ce que disent les morts* (Folio n° 4389)
D. DIDEROT	*Lettre sur les aveugles à l'usage de ceux qui voient* (Folio n° 4042)
F. DOSTOÏEVSKI	*La femme d'un autre et le mari sous le lit* (Folio n° 4739)
R. DUBILLARD	*Confession d'un fumeur de tabac français* (Folio n° 3965)
A. DUMAS	*La Dame pâle* (Folio n° 4390)
M. EMBARECK	*Le temps des citrons* (Folio n° 4596)
S. ENDO	*Le dernier souper* et autres nouvelles (Folio n° 3867)
ÉPICTÈTE	*De la liberté* précédé de *De la profession de Cynique* (Folio n° 4193)
W. FAULKNER	*Le Caïd* et autres nouvelles (Folio n° 4147)
W. FAULKNER	*Une rose pour Emily* et autres nouvelles (Folio n° 3758)
C. FÉREY	*Petit éloge de l'excès* (Folio n° 4483)
F. S. FITZGERALD	*L'étrange histoire de Benjamin Button* suivi de *La lie du bonheur* (Folio n° 4782)

F. S. FITZGERALD	*La Sorcière rousse* précédé de *La coupe de cristal taillé* (Folio n° 3622)
F. S. FITZGERALD	*Une vie parfaite* suivi de *L'accordeur* (Folio n° 4276)
É. FOTTORINO	*Petit éloge de la bicyclette* (Folio n° 4619)
C. FUENTES	*Apollon et les putains* (Folio n° 3928)
C. FUENTES	*La Desdichada* (Folio n° 4640)
GANDHI	*La voie de la non-violence* (Folio n° 4148)
R. GARY	*Une page d'histoire* et autres nouvelles (Folio n° 3753)
MADAME DE GENLIS	*La Femme auteur* (Folio n° 4520)
J. GIONO	*Arcadie… Arcadie...* précédé de *La pierre* (Folio n° 3623)
J. GIONO	*Prélude de Pan* et autres nouvelles (Folio n° 4277)
V. GOBY	*Petit éloge des grandes villes* (Folio n° 4620)
N. GOGOL	*Une terrible vengeance* (Folio n° 4395)
W. GOLDING	*L'envoyé extraordinaire* (Folio n° 4445)
W. GOMBROWICZ	*Le festin chez la comtesse Fritouille* et autres nouvelles (Folio n° 3789)
H. GUIBERT	*La chair fraîche* et autres textes (Folio n° 3755)
E. HEMINGWAY	*L'étrange contrée* (Folio n° 3790)
E. HEMINGWAY	*Histoire naturelle des morts* et autres nouvelles (Folio n° 4194)
E. HEMINGWAY	*La capitale du monde* suivi de *L'heure triomphale de Francis Macomber* (Folio n° 4740)
C. HIMES	*Le fantôme de Rufus Jones* et autres nouvelles (Folio n° 4102)

E. T. A. HOFFMANN	*Le Vase d'or* (Folio n° 3791)
J.-K. HUYSMANS	*Sac au dos* suivi de *À vau l'eau* (Folio n° 4551)
P. ISTRATI	*Mes départs* (Folio n° 4195)
H. JAMES	*Daisy Miller* (Folio n° 3624)
H. JAMES	*Le menteur* (Folio n° 4319)
JI YUN	*Des nouvelles de l'au-delà* (Folio n° 4326)
T. JONQUET	*La folle aventure des Bleus...* suivi de *DRH* (Folio n° 3966)
F. KAFKA	*Lettre au père* (Folio n° 3625)
J. KEROUAC	*Le vagabond américain en voie de disparition* précédé de *Grand voyage en Europe* (Folio n° 3694)
J. KESSEL	*Makhno et sa juive* (Folio n° 3626)
R. KIPLING	*La marque de la Bête* et autres nouvelles (Folio n° 3753)
N. KUPERMAN	*Petit éloge de la haine* (Folio n° 4789)
J.-M. LACLAVETINE	*Petit éloge du temps présent* (Folio n° 4484)
LAO SHE	*Histoire de ma vie* (Folio n° 3627)
LAO SHE	*Le nouvel inspecteur* suivi de *Le croissant de lune* (Folio n° 4783)
LAO-TSEU	*Tao-tö king* (Folio n° 3696)
V. LARBAUD	*Mon plus secret conseil...* (Folio n° 4553)
J. M. G. LE CLÉZIO	*Peuple du ciel* suivi de *Les bergers* (Folio n° 3792)
J. LONDON	*La piste des soleils* et autres nouvelles (Folio n° 4320)
P. LOTI	*Les trois dames de la Kasbah* suivi de *Suleïma* (Folio n° 4446)
H. P. LOVECRAFT	*La peur qui rôde* et autres nouvelles (Folio n° 4194)

H. P. LOVECRAFT	*Celui qui chuchotait dans les ténèbres* (Folio n° 4741)
P. MAGNAN	*L'arbre* (Folio n° 3697)
K. MANSFIELD	*Mariage à la mode* précédé de *La Baie* (Folio n° 4278)
MARC AURÈLE	*Pensées (Livres I-VI)* (Folio n° 4447)
MARC AURÈLE	*Pensées (Livres VII-XII)* (Folio n° 4552)
G. DE MAUPASSANT	*Apparition* et autres contes de l'étrange (Folio n° 4784)
G. DE MAUPASSANT	*Le Verrou* et autres contes grivois (Folio n° 4149)
I. McEWAN	*Psychopolis* et autres nouvelles (Folio n° 3628)
H. MELVILLE	*Les Encantadas, ou Îles Enchantées* (Folio n° 4391)
P. MICHON	*Vie du père Foucault – Vie de Georges Bandy* (Folio n° 4279)
H. MILLER	*Lire aux cabinets* précédé de *Ils étaient vivants et ils m'ont parlé* (Folio n° 4554)
H. MILLER	*Plongée dans la vie nocturne...* précédé de *La boutique du Tailleur* (Folio n° 3929)
R. MILLET	*Petit éloge d'un solitaire* (Folio n° 4485)
S. MINOT	*Une vie passionnante* et autres nouvelles (Folio n° 3967)
Y. MISHIMA	*Dojoji* et autres nouvelles (Folio n° 3629)
Y. MISHIMA	*Martyre* précédé de *Ken* (Folio n° 4043)
M. DE MONTAIGNE	*De la vanité* (Folio n° 3793)
E. MORANTE	*Donna Amalia* et autres nouvelles (Folio n° 4044)
A. DE MUSSET	*Emmeline* suivi de *Croisilles* (Folio n° 4555)

V. NABOKOV	*Un coup d'aile* suivi de *La Vénitienne* (Folio n° 3930)
I. NÉMIROVSKY	*Ida* suivi de *La comédie bourgeoise* (Folio n° 4556)
P. NERUDA	*La solitude lumineuse* (Folio n° 4103)
G. DE NERVAL	*Pandora* et autres nouvelles (Folio n° 4742)
F. NIWA	*L'âge des méchancetés* (Folio n° 4444)
G. OBIÉGLY	*Petit éloge de la jalousie* (Folio n° 4621)
F. O'CONNOR	*Un heureux événement* suivi de *La Personne Déplacée* (Folio n° 4280)
K. OÉ	*Gibier d'élevage* (Folio n° 3752)
J. C. ONETTI	*À une tombe anonyme* (Folio n° 4743)
L. OULITSKAÏA	*La maison de Lialia* et autres nouvelles (Folio n° 4045)
C. PAVESE	*Terre d'exil* et autres nouvelles (Folio n° 3868)
C. PELLETIER	*Intimités* et autres nouvelles (Folio n° 4281)
P. PELOT	*Petit éloge de l'enfance* (Folio n° 4392)
PIDANSAT DE MAIROBERT	*Confession d'une jeune fille* (Folio n° 4392)
L. PIRANDELLO	*Première nuit* et autres nouvelles (Folio n° 3794)
E. A. POE	*Aventure sans pareille d'un certain Hans Pfaall* (Folio n° 3862)
E. A. POE	*Petite discussion avec une momie et autres histoires extraordinaires* (Folio n° 4558)
J.-B. POUY	*La mauvaise graine* et autres nouvelles (Folio n° 4321)

M. PROUST	*L'affaire Lemoine* (Folio n° 4325)
M. PROUST	*La fin de la jalousie* et autres nouvelles (Folio n° 4790)
QIAN ZHONGSHU	*Pensée fidèle* suivi de *Inspiration* (Folio n° 4324)
R. RENDELL	*L'Arbousier* (Folio n° 3620)
J. RHYS	*À septembre, Petronella* suivi de *Qu'ils appellent ça du jazz* (Folio n° 4448)
R. M. RILKE	*Au fil de la vie* (Folio n° 4557)
P. ROTH	*L'habit ne fait pas le moine* précédé de *Défenseur de la foi* (Folio n° 3630)
D. A. F. DE SADE	*Ernestine. Nouvelle suédoise* (Folio n° 3698)
D. A. F. DE SADE	*Eugénie de Franval* (Folio n° 4785)
D. A. F. DE SADE	*La Philosophie dans le boudoir* (Les quatre premiers dialogues) (Folio n° 4150)
A. DE SAINT-EXUPÉRY	*Lettre à un otage* (Folio n° 4104)
G. SAND	*Pauline* (Folio n° 4522)
B. SANSAL	*Petit éloge de la mémoire* (Folio n° 4486)
J.-P. SARTRE	*L'enfance d'un chef* (Folio n° 3932)
B. SCHLINK	*La circoncision* (Folio n° 3869)
B. SCHULZ	*Le printemps* (Folio n° 4323)
L. SCIASCIA	*Mort de l'Inquisiteur* (Folio n° 3631)
SÉNÈQUE	*De la constance du sage* suivi de *De la tranquillité de l'âme* (Folio n° 3933)
D. SHAHAR	*La moustache du pape* et autres nouvelles (Folio n° 4597)
G. SIMENON	*L'énigme de la* Marie-Galante (Folio n° 3863)

D. SIMMONS	*Les Fosses d'Iverson* (Folio n° 3968)
J. B. SINGER	*La destruction de Kreshev* (Folio n° 3871)
P. SOLLERS	*Liberté du XVIIIème* (Folio n° 3756)
G. STEIN	*La brave Anna* (Folio n° 4449)
STENDHAL	*Féder ou Le Mari d'argent* (Folio n° 4197)
R. L. STEVENSON	*La Chaussée des Merry Men* (Folio n° 4744)
R. L. STEVENSON	*Le Club du suicide* (Folio n° 3934)
I. SVEVO	*L'assassinat de la Via Belpoggio* et autres nouvelles (Folio n° 4151)
R. TAGORE	*La petite mariée* suivi de *Nuage et soleil* (Folio n° 4046)
J. TANIZAKI	*Le coupeur de roseaux* (Folio n° 3969)
J. TANIZAKI	*Le meurtre d'O-Tsuya* (Folio n° 4195)
A. TCHEKHOV	*Une banale histoire* (Folio n° 4105)
H. D. THOREAU	*« Je vivais seul, dans les bois »* (Folio n° 4745)
L. TOLSTOÏ	*Le réveillon du jeune tsar* et autres contes (Folio n° 4199)
I. TOURGUÉNIEV	*Clara Militch* (Folio n° 4047)
M. TOURNIER	*Lieux dits* (Folio n° 3699)
M. TOURNIER	*L'aire du Muguet* précédé de *La jeune fille et la mort* (Folio n° 4746)
E. TRIOLET	*Les Amants d'Avignon* (Folio n° 4521)
M. TWAIN	*Un majestueux fossile littéraire* et autres nouvelles (Folio n° 4598)
M. VARGAS LLOSA	*Les chiots* (Folio n° 3760)
P. VERLAINE	*Chansons pour elle* et autres poèmes érotiques (Folio n° 3700)

L. DE VINCI	*Prophéties* précédé de *Philosophie et Aphorismes* (Folio n° 4282)
R. VIVIEN	*La Dame à la louve* (Folio n° 4518)
VOLTAIRE	*Traité sur la Tolérance* (Folio n° 3870)
VOLTAIRE	*Le Monde comme il va* et autres contes (Folio n° 4450)
WANG CHONG	*De la mort* (Folio n° 4393)
H. G. WELLS	*Un rêve d'Armageddon* précédé de *La porte dans le mur* (Folio n° 4048)
E. WHARTON	*Les lettres* (Folio n° 3935)
O. WILDE	*La Ballade de la geôle de Reading* précédé de *Poèmes* (Folio n° 4200)
R. WRIGHT	*L'homme qui a vu l'inondation* suivi de *Là-bas, près de la rivière* (Folio n° 4641)
R. WRIGHT	*L'homme qui vivait sous terre* (Folio n° 3970)
M. YOURCENAR	*Le Coup de Grâce* (Folio n° 4394)

Composition Bussière.
Impression Novoprint
à Barcelone, le 4 décembre 2008.
Dépôt légal : décembre 2008.
ISBN 978-2-07-036406-0./Imprimé en Espagne.

163899